# हरिराम ब्रह्म

## हरिराम ब्रह्म एवं तुलसी दास के मित्रता पर आधारित प्रथम पुस्तक



प्रदीप कुमार तिवारी

Made with ♥ on the Notion Press Platform
www.notionpress.com

अपने पिता स्व॰ यमुना तिवारी माता स्व॰ द्रोपति देवी

एवं

उस वृद्ध व्यक्ति के स्मृति में जो हर वक्त मेरे मन परत पर बने रहते हैं ।

# क्रम-सूची

# भूमिका

## कथा से पहले निवेदन

श्री कुलदेवी के कृपा से मेरा उपनयन सरकार (जनेऊ) सन 1980 में हुआ तब मैं उम्र में छोटा था, मेरी माता जी कहती थी कि मेरे कुल में जनेउ होने के पहले जनेव को हरिराम ब्रम्ह स्थान पर चठाने के बाद ही जनेउ होगा, क्योकि ये कार्य पूर्वज के वक्त से होते आया है । मेरा जनेउ लेकर हरिराम ब्रम्ह स्थान पर मेरे बड़े भाई काशीनाथ तिवारी जी गये थे। जनेउ चढ़ा कर लाये, तभी मेरा उपनयन संस्कार सम्पन्न हुआ था । हरिराम ब्रम्ह की चर्चा अगल-बगल के गाँवो में भी होते रहता था। हरिराम ब्रम्ह के विषय में कोई खास जानकारी मुझे नही थी। जब मैं लोक मानस भक्त रहसु की कथा की खोज कर रहाँ था तभी मुझे पता चला कि हरिराम ब्रम्ह जी क्षेत्र के कोतवाल है। 520 ब्रम्ह हरिराम ब्रम्ह के सेवा में रहते हैं। हरिराम ब्रम्ह देहत्याग के बाद काशी में जाकर सन्यास धारण कर तक काशी में तप किये क्षेत्र में साधु तान्त्रीकगण 12 वर्षो हरिराम ब्रम्ह की नाम लेने के बाद ही प्रेताशिक बाधा दुर करते है इन्ही सभी जानकारी के बाद मेरे मन में ये खोज का विचार पैदा हुई। वही छाया रूपी वृद्ध व्यक्ति मेरे सहायक बने। मैं सबसे पहले हरिराम ब्रम्ह स्थान पर जाकर निवेदन किया। फिर मैरवा से बाबा की पतेजी फिर बभनौली बनारस चैनपुर कल्याणपुर बगौरा महेन्द नाथ महदेवा सिवान जनकपुर नारायणी नदी से सरजु नदी तक भ्रमण किया। खोज के साथ-साथ मेरे अन्दर एक जिज्ञासा जगी, खोज की अकांक्षा बढने लगी, मन में अनेको प्रश्न उभरने लगे मस्तिस्क पटल पर हरिराम ब्रम्ह जी के कृपा से सभी प्रश्नो का समाधान होने लगा। मेरे अन्दर की अनुभव बताने लगे कि मोक्ष को किसी ने इन आखों से देखा नहीं फिर भी देखने के लिये सभी उत्सुक रहते है। मैने भी प्रयास जारी रखा परन्तु एक समस्या बार-बार आने लगी की मैं पल भर में ही विषय से विषयान्तर हो जाता था परन्तु सुक्ष्म गुहा में प्रविष्ठ होते ही विषयान्तर होना समाप्त हो गया। मुझे स्पष्ट दिखाई देने लगा कि हरिराम ब्रम्ह एक नई संस्कृति के संस्थापक, सवाहक और सरंक्षक भी है, जिनका प्रभाव मनुष्य के विभिन्न व्यवहारो भावों कर्तव्यों में मिश्रीत रूप से होते आ रहा है। स्वधर्म का पालन, मार्यादा प्रेम करूँणा जीवों पर दया हरिराम ब्रम्ह का ख्याती के कारण है। वे जीन कारणों से स्थापित होकर मानव जीवन के परिवार समाज संस्कृति मानवता की रक्षा करते आ रहे है। इसलिए हरिराम ब्रम्ह आज भी मानव समाज में प्रासंगिक और सभी के आदरणीय

है।

मैंने हरिराम ब्रम्ह जी के प्रभाव और शकित को जिस नजरीये से देखा है वो अत्यन्त प्रेरक वो कल्याण कारी है। उनके सत्व की तेज, अत्याचार के प्रति विद्रोह का तरीका, बुरे के साथ बुरा करना, अच्छो के साथ अच्छा करना, शरीर त्याग के बाद सुक्ष्म रूप में तप करना, सुक्ष्म रूप धारण कर मानव जीवन का कल्याण हेतु सन्त की रक्षा करना, भक्ति हेतु परमात्मा तक पहुँचने हेतु समाज को उपनयन संस्कार देना, प्रेतांशीक शक्तियों को शान्त कर मानव जीवन को खुशहाल बनाने की बात आज भी प्रचलीत है। हरिराम ब्रम्ह की दैहीक जीवन सधारण था परन्तु तप बल कठोर था। संसार के सभी मनीषियों द्वारा यह स्वीकार किया गया है कि जीव देह छोड़ने के बाद सुक्ष्म शरीर में ब्रम्ह रूप धारण कर सकता है। जो तप बल से जीव की कल्याण वो परमात्मा की प्रतिनिधित्व कर सकता है। हरिराम ब्रम्ह की कथा निराधार नही है, वरना स्वीकार करने योग्य है, क्योकि हरिराम ब्रम्ह आज भी क्षेत्र में समाज के समस्त समस्याओं के समाधान कर्ता है। समाज में जिसका जैसे कल्याण हो वही उस कल्याणकारी तत्व के बारे में जानता है। हरिराम ब्रम्ह जी देहत्याग के बाद भी धर्म की रक्षा कर रहे हैं, जिसे समाज अपने सुक्ष्म शरीर से अनुभव करता है। जो उद्वारक है कल्याणकारी है यह बात क्षेत्र की जनता मानती है। हरिराम ब्रम्ह प्रेतांशिक अप्रिय घटनाओं से रक्षा करते है, करते रहेगें। मैने अपने घर पर ही कथा लिखना प्रारम्भ किया। कथा लिखते वक्त मुझे ये कठीनाई होने लगी कि मैं इतिहास की विधार्थी रहा हूँ, इसलिये साहित्य की सरस्ता को नहीं रख सका कथा लिखने के पहले मैंने अपने पुत्र तनिष्क से तुलसी कृत जानकी मंगल विनय पत्रिका कबिताबली, रामचरित्र मानस वो बेनीभाधव जी की मूल गोसाई चरित्र अमृत लाल नगर की मानव की हंस मंगवा कर अध्ययन किया, फिर भी तुलसी दास का प्रेत से संबंध होने की बात स्पष्ट होता है, परन्तु प्रेत का नाम अधुरा रहता है जिसे मैं ब्रम्ह जी की कृपा से पुरा करने का प्रयास किया हूँ जो लोगो की चर्चा में, तुलसी दास के हरिराम ब्रम्ह के स्थान पर आने और कथा सुनने की बात किवदन्तीयों में है। कथा लिखते वक्त कभी-कभी मुझे भ्रम हो जाता था, लिखना वहीं बन्द हो जाती थी । ब्रम्ह जी की जब कृपा होती, भ्रम दूर होता पुनः कथा आगे बढती । कथा के खोज के दौरान मुझे हरिराम ब्रम्ह से संबंधीत कोई पुस्तक नही मिली इसलिये ये पुस्तक पूर्ण रूप से हरिराम ब्रम्ह पर लिखित प्रथम पुस्तक होगी। यह भी सच है कि मैने जिस लोक कथा वो किवदूतीयों को सुना उसे पूर्ण रूप से नही लिख सका क्योकि लिखते वक्त हरिराम ब्रम्ह से यही निवेदन करता था कि जो सच्च हो वही हो, जिस कहानी को सग्रह किया हूँ वह हरिराम ब्रम्ह वो तुलसी

दास वो कनक साही राज पर अधारित है। इसलिये हरिराम ब्रम्ह के समकालीन नामों वो स्थानो का चुनाव मैने किया है। नाम वो कथा से किसी व्यक्ति को कष्ट हो उनसे में क्षमा प्रार्थी हूँ। सबसे खुशी इस बात है कि कथा की खोज के दौरान दूर्गम जगहों वो दुर्लभ लोगो से मुलकात हुआ जो जीवन भर आनन्द देते रहेगें।

शारदीय नवरात दिनांक- 01.10.22 को कथा लिखना बन्द किया महानिशा पूजा के दिनांक- 02.10. 22 को हरिराम ब्रम्ह जी के स्थान पर पहुँच कर कथा के जन्मदाता को अपनी डायरी समर्पित किया, क्षमा याचना कर आगे कि कार्यक्रम हेतु निवेदन किया।

कथा लिखने मे मेरे पुत्र रजनीश कुमार तिवारी ने लिपिक का काम किया कथा लिखते वक्त ओमप्रकाश उपाध्याय जी रमण जी हरिराम ब्रम्ह स्थान के पुरोही बाबुनन्द मिश्रा जी हरिशंकर तिवारी, जी पृथ्वी नाथ पांडा जी इत्यादि कुछ उपयोगी सुझाव दिये। टंकक-पंकज कुमार ने किया मेरी पुत्री राधा वो मानस माया ने लिखने के लिये आग्रह किया, मैं उनसभी को प्रति अभार व्यक्त करता हूँ जिन्होने लिखने के लिये प्रोत्साहित एवं अपना बहुमुल्य समय दिये। उस वृद्‌ध व्यक्ति का बार बार कोटि- कोटि प्रणाम करता हूँ, जिन्होने मुझे अपना माध्यम बनाया।

निवेदन :

**प्रदीप कुमार तिवारी**

अधिवक्ता व्यवहार न्यायालय गोपालगंज

# 1

# झरही नदी

झरही नदी के किनारे बसे हुए गाँवो में एक बहुत पुरानी कहावत है कि:-

**झरीह नदी, खैरा बन ।**
**कुर्मी राजा, मडुवाँ अन्न् ।**

झरही नदी की उत्पति करमैनी चौर से है। चौर का जल स्तर नीचा है। नारायणी नदी का जल स्तर चौर से ऊंचा है । नारायणी नदी का जल जमीन के अन्दर के स्रोत से चौर में (झील) झरना के रूप में निकलती है, वही जल स्रोत नदी के रूप में सरजु नदी में जाकर मिल जाती है । उसी झरना वाले जल स्रोत का नाम झरही नदी है। झरही नदी के कुछ जल सोखता (सोहरा) के द्वारा एक दूसरा जल स्रोत बन कर एक नदी बहती हैं, जिसका नाम स्याही नदी है। कुर्मी राजा द्वारा गढांस्तुप कुशी नारा खौदवाने के दौरान एक जल स्रोत बहने लगी जो आगे चलकर खनुवाँ नदी का रूप ले लिया जो खनुवाँ नदी है। सोरठी के कथा के अनुसार बृजभार की पत्नी सोनवा थी। सोनवा का डीह (गढ़) जल स्रोत, नदी किनारे था जिसके नाम पर उक्त नदी का नाम सोना नदी प्रचलित है। एक और छोटी सी जल स्रोत है जिसे आम जनता सोता नदी कहते हैं। सोता नदी खनुवाँ नदी में आकर मिलती है, जहाँ पर सोता नदी खुनहा में मिलती है वहाँ एक जलकुण्ड है। जिसे लोग धुर्ना कुण्ड कहते है । धुरना कुण्ड खनुवाँ नदी के किनारे एक देवीं मन्दिर है जिसे लोग धुरना कुण्ड की देवी कहकर पुजते है। कथा के अनुसार नदी किनारे देवी रहती थी। वही पर धुरन नाम का मलाह देवी का नाव खेता था। देवी नाव पर बैठकर अन्य जगहो पर आती-जाती थी। धुरन, देवी का भक्त था एक दिन, देवी का नाव खेते हुए देवी से अपने परिवार की दरिद्रता की कथा सुनाने लगा। देवी दया कर धुरन मलाह से कही कि मैं तुझे आदेश देती हूँ तुम उस जल कुण्ड में नीचे जाकर जितना धन लेना

है ले लो । धुरन देवी के आदेश से जल कुण्ड में उतर कर डुबकी लगा कर नीचे चला गया। जब धुरन जल से बाहर आया तो उसके दोनो हाथो में सोने की अनेक गहना थे। धुरन, देवी के चरणों में गिरकर प्रणाम करने लगा देवी प्रसन्न होकर कही कि हे धुरन तुम अपने घर चले जाओ। दुबारा इस जलकुण्ड में प्रवेश मत करना। धुरन खुशी पूर्वक धन लेकर घर चला गया। दुबारा जब धुरन अपना नाव लेकर वापस आया तो देवी नही मिली। कई माह तक नाव लेकर नदी में घुमता रहा। देवी के नही मिलने के कारण वह उदास होकर जीवन व्यतित करने लगा। एक दिन धुरन के मन में लालच घुस गई। वह पुनः दौलत पाने के लिये जल कुण्ड में प्रवेश कर गया। जल में प्रवेश करने के बाद धुरन पुनः वापस नही आया। कुण्ड के उपर धुरन की नाव तैरती रही। स्थानीय लोगों को रात्रि में कभी कभार लगाता था कि नाव पर देवी बैठी है । धुरन नाव खे रहा है, खुनहा नदी के जल कुण्ड का नाम लोगों ने धुरना कुण्ड रख दिया। देवी को धुरना कुण्ड की देवी भक्तगण आज भी जयकार लगाते है-धुरना कुण्ड की देवी की जैय

अग्रेजी हुकुमत के पूर्व, नारायणी नदी स्वत्रंत रूप से सारण चम्पारण में बहती हुई सरजू वो गंगा नदी में जाकर मिल जाती थी। नारायणी नदी के बहने का अनेको जल स्त्रोत थे, जिसका नाम खनुवा, सोना, स्याही, झरही दाहा सोता है। नारायणी नदी को स्वतंत्र रूप में बहने के कारण सारण, चम्पारण में बाढ़ की स्थिति बराबर बनी रहती थी। पूरा क्षेत्र रण (जंगल) यानि वन से अच्छादित था जिसके चलते इसे चम्पारण, सारण के नाम से जाना जाता था। अग्रेजी हुकुमत द्वारा असमय बाढ़ से निजात पाने वो जमीन को खेती योग्य बनाने के उद्देश्य से नारायणी नदी के मुख्य धारा के दोनो तरफ मिट्टी की बाँध बनाकर नरायणी नदी के जल स्रोत को गंगा नदी में गिराने का कार्य किया गया, नरायणी नदी का नाम गण्डक रखा गया। तथा यह नदी नेपाल में नरायणी नदी के नाम से प्रचलित है आज भी स्थानीय बुर्जुग इसे नारायणी ही कहते है। जहाँ से बाँध का निर्माण हुआ है, वहाँ से गण्डक नदी का नाम दे दिया गया। नरायणी नदी के दोनो तरफ बाँध का निर्माण होने से अन्य छोटी नदियों का जल स्रोत बन्द हो गया । जल की बहाव कम होने से बाढ़ आना बन्द हो गया। तब अनेक कृषि फार्म की स्थापना हुई जैसे मिश्रीलो कोठी, बरवा फार्म, श्रीपुर कोठी, मनियारा फार्म, सिपाया फार्म, राजापट्टी कोठी, पिपरा कोठी फार्म में पक्का मकान का निर्माण हुआ जिसे आम जनता कोठी कहती थी, जो आज भी उसी नाम से प्रचलित है।

बड़े राज्यों के अन्तर्गत अनेक छोटे-छोटे राज्य हुआ करते थे जो अपने क्षेत्र के जनता से कर वसूल कर बड़े राज्यों को खिरात देते थे तथा अपने को राजा मानते

थे। जिनका इतिहास में कोई जगह प्राप्त नही है। झरही नदी के किनारे पर अनेक गढ़ (राज) स्थापित हुए तथा समाप्त हो गये । कब स्थापित हुए और कब समाप्त हुए। इसका कोई इतिहास है। गढ़ के अवशेष आज भी विद्यमान है। गढ़ के बगल के गाँवो में गढ़ से संबंधित कुछ कहानी प्रचलित है। जिसे लोग आज भी कहते-सुनते रहते है। जैसे बिहुला गढ़, कंचन गढ़, (वर्तमान) में कंचनपुर कल्याणपुर गढ, हुस्सेपुर गढ़ कनक गढ़ के अवशेष है। लोग बताते है कि कनक गढ़ के राजा कनक शाही थे। कनक गढ़ की स्थापना काशी नरेश के सहयोग से कनक शाही द्वारा किया गया था। कनक गढ़ काशी राज्य का अंग राज्य था। कनक गढ़ झरही नदी के किनारे बसा हुआ था। गढ़ के बगल में एक लाख पेड़ लगे हुए थे। जिसे लोग लखी बाग कहते थे। कनक गढ़ उस समय का एक सम्पन्न राज था जो वर्तमान में मैरवा धाम के नाम से प्रचलित है। लखी बाग की जगह पर हरिराम ब्रम्ह का मन्दिर है। गढ़ के खण्डहर पर हरिराम कालेज बना हुआ है। वह स्थान ही हरिराम ब्रम्ह की कथा का मूल स्रोत है, जो जन मानस में दूर-दूर तक फैली हुई है।

कनक शाही धनवान होने के साथ-साथ बलवान भी थे वो अपने गढ़ के अन्दर लखी बाग में झरही के किनारे अखाड़ा बनवा रखे थे। सुबह जागने के बाद अखाड़ा पर जाकर कसरत करते थे। राज्य के अन्य पहलवान भी वही एकत्रित होकर पहलवानी की करतब सीखते वो सिखाते थे। एक दिन राजा कनक शादी अपने पहलवानों से पुछे कि मेरे राजा में सबसे बलवान कौन है, सभी पहलवान कहे कि महाराज से बलवान कोई नही है परन्तु राज्य के एक अहीर पहलवान ने कहा कि महाराज बलवान है परन्तु हरिराम दूबे की तरह बलवान नही है। हरिराम दूबे अपने हाथ के अंगूठे वो अंगूली से चाँदी के सिक्का को मोड़ देते है तथा पुनः सीधा कर देते है। अपने (छ) मन की भैंस को अपने कन्धा पर उठा कर कोसो पैदल चलते है। ऐसा कार्य आपके राज में दूसरा कोई नही कर सकता है। राजा ने उस पहलवान से पुछ की क्या तुमने अपनी आँखो से कभी देखे हो पहलवान ने कहा कि मैंने ही नही गढ़ के राज के बहुत से लोग देखे है। राजा पहलवान से पूछा की वह कहाँ रहते है ? क्या करते है ? क्या खाते है जिससे इतना बलशाली है।

पहलवान ने राजा को बताया कि हरिराम दूबे बभनौली गाँव के है उनके पिता का नाम तुलसी दूबे है। तुलसी दूबे अपने क्षेत्र के सबसे बड़े ज्योतिष के विद्वान है वो काशी के शेष सनातन जी के सहपाठी है। लोग बताते है कि तुलसी दूबे अपने पत्नी के साथ काशी वास किये थे। भगवान विश्वनाथ जी की कृपा से तुलसी दूबे को पुत्र प्राप्त हुआ जिसका नाम हरिराम दूबे रखे। हरिराम दूबे को बचपन में ही सन्यास धारण करने की इच्छा होती थी। साधु-सन्यासी का संगत करते थे। काशी

जाने के लिए पिता से अनुमति मांगते थे। पिता द्वारा अनुमति नही दिया गया। हरिराम दूबे के भाई लोग उन्हे गृहस्थी में फंसाना चाहते थे। हरिराम दुबे की दो-दो शादी हुई परन्तु हरिराम दुबे अपना गाँव छोड़कर बगल के गाँव पतेजी में अपना बथान बना कर रहते है और बथान को राजधानी कहते है। हरिराम दूबे नाराज होकर घरबार छोड़ कर झरही के किनारे घुमते रहते है। हरिराम दूबे के साथ दो श्वान तथा एक सुराही भैंस है। भैंस कभी बच्चा नही देती है, परन्तु दूध देती है। हरिराम दूबे अन्न ग्रहण नही करते जब भूख लगती है तो वर्तन को भैंस के थान के नीचे रख देते है, जितना उनको इच्छा होती है भैंस दूध दे देती है, उसे ही पीते है, बाकी दूध स्वान वो लोगों को पिला देते है । झरही के किनारे भैंस चराते रहते है जहाँ रात्रि हो जाती है वही रह जाते है। जब भैंस चलते-चलते थक जाती या झरही पार नही करती तो उसे कन्धा पर उठा कर कोसो पैदल चलते रहते है। यह सुनकर कनक शाही कहे कि हरिराम दूबे से भेंट कहाँ पर होगी। सिपाही ने कहा वो अपने राजधानी पतेजी या नारायणी से सरजु नदी तक झरही नदी के किनारे भैंस चराते मिल जायेगें। राजा सीउर सिंह सिपाही से कहे कि हरिराम तुम्हारे गाँव के बगल के है, पहलवान ब्राहम्ण है, उनसे मिलने की इच्छा हो रही है। उन्हे तुम बुलाकर मेरे यहाँ ले आकर मुझसे मिलवाओ। राजा आदेश देकर अपने गढ़ में चले गये । सीउरी सिंह, हरिराम दूबे के बथान में आकर हरिराम दूबे से कहे कि राजा कनक शाही अपने गढ़ में आपको बुलाये है। हरिराम दूबे ने कहा कि कनह शादी तुम्हारे राजा है हमारे राजा नही है। मैं कनक शाही से मिलने नही जाऊँगा। सीउरी सिंह कहे कि इस क्षेत्र का राजा कनक शाही है, इसलिए आपके भी राजा है, चल कर मिल लिजिए नहीं तो राजा नाराज हो जायेगें। हरिराम दूबे कहे कि हमारे राजा तो रंजित कुंवर है। महारानी धुरा कुंवर है। रंजित कुंवर ने हमारे पूर्वज पिताम्बर शुक्ला को पाँच गाँव मजौली, पतेजी, मझवलिया, परेहीया, वसन्तपुर देकर बताये थे। बादहूँ रंजित कुंवर चेरो वंश के आक्रमण में शहीद हो गये थे। धुरा कुवार रंजित कुवर के साथ सती हो गई। हमारे लिये आज भी रंजित कुंवर मेरे राजा है और धुरा सती महारानी। मैं तुम्हारे राजा के रदबार में नही जाऊँगा। सीउरी सिंह लौट कर राजा कनक शाही से सारी बाते बताई । राजा ने सीउरी सिंह सिपाही को हरिराम दूबे के परिवार को जमीन से बेदखल करने का आदेश दिया। सीउरी सिंह कुछ सिपाहियों को लेकर अपने हल, बैल से हरिराम दूबे के परिवार को जमीन से बेदखल करने पहुँचे। हरिराम दूबे के दो श्वानों के भय के कारण सीउरी सिंह सफल नही हुए और भय के साथ भाग कर राजा के पास आकर असमर्थतता व्यक्त किये, तब राजा काफी दुःखी हुए। अपने मंत्री अमान खाँ को बुलाकर कहे कि कल तक हरिराम दूबे

की भैंस के साथ जितना भी पशु उनके गाँव वो परिवार में है सबको लाकर गढ़ में बन्द कर दो। अमान खाँ राजा के आदेश से सेना लेकर हरिराम दूबे के पाँच गाँव के परिवार के दो सौ पशुओ को जबरन हरण कर कनक गढ़ में लाकर बन्द कर दिया। अमान खाँ के इस कार्य से राजा खुश हुए। राजा अपने मंत्री अमान खाँ से पुछा कि इन पशुओं में हरिराम दूबे की भैंस कौन है ? मंत्री अमान खाँ कहा कि हरिराम अपने भैंस को लेकर सरजु नदी के तरफ चराने चले गये है। इसलिए उनसे भेंट नही हुई अन्य सभी पशुओं को ले आये है केवल हरिराम की भैंस इसमें नही है । राजा मंत्री पर नाराज होकर कहे कि मुझे सिर्फ हरिराम दूबे की भैंस चाहिए अन्य पशुओं से कोई लेना देना नही है, अन्य पशुओं को छोड़ दो मंत्री अमान खाँ अन्य पशुओं को छोड़ दिये। अमान खाँ, हरिराम दूबे वो उनकी भैंस को खोजने लगे। काफी प्रयास के बाद भी अमान ख़ाँ हरिराम दूबे वो उनकी भैंस को राजा के समक्ष हाजिर नही कर सके ।

# 2

# हरिराम दूबे से राजा की भेंट

कुछ दिन के बाद जब हरिराम दूबे वो उनकी भैंस नही मिली तो राजा स्वयं अपने मंत्री अमान खाँ वो कुछ सैनीकों को लेकर झरही नदी के किनारे सरजु नदी के तरफ हरिराम दूबे को खोजने चल दिये। द्रोण गाँव के सामने ( वही द्रोण) जहाँ महाभारत काल के द्रोणाचार्य रहे थे । झरही के किनारे हरिराम दूबे कुछ ग्रामिणों के साथ बैठे थे वही पर भैंस तथा दोनो श्वान भी थे। राजा को देखते ही ग्रामिण भूमि पर लेट कर राजा को प्रणा करने लगे। राजा सबसे पहले भैंस को देखे जैसे कोई खरीदार पशुओं को देखता है। राजा भैंस को देख मोहित होकर लालच में पड़ गये। राजा एक लम्बे मोटा ताजा कद काठी वाले शरीर पर उनेउ धारण किये हुए व्यक्ति को देख कर समझ गये कि यही हरिराम दूबे है । हरिराम दूबे भी राजा को देखकर समझ गये कि ये राजा कनक शाही है।

राजा ने हरिराम दूबे से पुछे की तुम कौन हो, देखने में चरवाहा लगते हो। तुम्हारा गोत्र क्या है। तुम चरवाहा हो, भैंस चराते हो ।

हरिराम दूबे ने राजा से कहा कि मैं चरवाहा नही हूँ, मैं अपने राज का निवासी हूँ। तुलसी

दूबे का पुत्र हरिराम दूबे हूँ। मैं गर्ग गोत्रीय ब्राम्हण हूँ।

राजा ने कहा कि तुम झूठ बोल रहे हो, तुम चरवाहा हो । गर्ग गोत्र में दूबे नही होते है। गर्ग में शुक्ला होते हैं तुम झूठ बोल रहे हो ।

हरिराम दूबे कहने लगे कि राजा मेरा गोत्र गर्ग है मेरे पूवर्ज दूबे पद पर बस गये। इसलिए मेरा पद दूबे की है। हे राजा - इस माया के संसार में झूठ तो सभी

बोलते है ब्राम्हण भी झुठ बोलते है। परन्तु ब्राम्हण अपने कार्य सिद्धि के लिए नही दूसरे के कल्याण के लिये झूठ बोलता है। जो ब्राम्हण अपने स्वार्थ सिद्धि के लिए झुठ बोलता है उस ब्राम्हण की ज्ञान क्षीण होने लगती है। ज्ञान क्षीण होने से मन द्वारा चित का बार-बार हरण होने लगता है चित हरण होने से स्मृति में भ्रम पैदा होती है। भ्रम पैदा होने से ज्ञान शक्ति का नाश होता है। ज्ञान नाश के कारण ब्राम्हण मूढ भाव में चला जाता है जिससे विषय में आशक्ति हो जाती है जो ब्राम्हण के गिरने का कारण बन जाती है। मैं झुठ नही बोल रहा हूँ।

राजा ने हरिराम दूबे से कहा कि झरही नदी के किनारे जंगलो में घुमने के पीछे तुम्हारा उद्देश्य क्या है ?

हरिराम दूबे ने कहा कि जंगल में घुमने का कारण तो अनेक है। जैसे मेरे भैंस का चारा पानी मिल जाता है परन्तु विशेष कारण यह है कि मैं अपने कल्याण के साथ-साथ दूसरों के कल्याण करते हुए मोह को त्याग कर ब्राम्हणी स्थिति में रहते हुए ब्रम्हानन्द को प्राप्त करना चाहता हूँ। जिसके लिये आत्मा से आत्मा में संतुष्ट रहकर आत्मा को संतुष्ट करता रहता हूँ।

राजा ने कहा कि हे चरवाहा तुम तो ज्ञानी लगते हो ब्रम्ह विधा भी जानते हो ?

हरिराम दूबे कहने लगे कि ब्रम्ह विधा जानना तो ब्राम्हण का धर्म है मैं तो सिर्फ इतना ही जानता हूँ कि जो ब्राम्हण ब्रम्ह को ध्यान करता है उसे भी कर्म त्याग करने का फल मिलता है ब्रम्ह को तत्व से जानने का ज्ञान ही ब्रम्ह विधा है। ब्राम्हण ब्रम्ह को जानने के बाद सिद्धि असिद्धि को समत्व जानकर पूण्य और पाप दोनो को मन से त्यागता रहता है जिससे ब्राम्हण भोग में रहते हुए भी ब्रम्ह को प्राप्त कर लेता है, जिससे ब्राम्हण को परमात्मा से मिलने का संयोग बनता है। यही सनातन ब्रम्ह विधा है ।

राजा कहे कि तुम चरवाहा होकर भी धर्म की बात करते हो। यह उचित नही है, तुम्हारे जैसे चरवाहों को धर्म की बात करना पाप है जो अपने धर्म को ही नही जानता वह ब्राम्हण नही हो सकता ?

हरिराम दूबे राजा से कहे कि मैं अपना धर्म जानता हूँ उसे सुनो-इस ब्राहमाण्ड में जितनी भी आत्मा है वह सभी आत्मा सनानत है, आत्मा के पुनः परमात्मा से मिलने की विधान ही आत्मा की धर्म है जो सनातन है जितना सनातन मैं हूँ उतना ही सनातन तुम हो। परमात्मा द्वारा आत्मा को परमात्मा से मिलने का दिशा-निर्देश वेद वो पुराण है। सनातन मूल है। फुल फल बीज सबका नाश होना तय है परन्तु मूल का विनाश नही होता। जो अपने आत्मा के धर्म को नही जानता वही पापी है। आत्मा के धर्म को जान लेना पूण्य है। मैं अपने धर्म को जानता हूँ। मैं

अपने आत्मा को जानता हूँ ।

राजा ने हरिराम दूबे से कहे कि तुम्हारा गुरु कौन है ?

हरिराम दूबे राजा को बताये कि एक जन्म में गुरु अनेक होते हैं मेरा गुरु मेरा आत्मज्ञान है जो सदैव मेरे साथ रहता है। कभी मैं सो जाता हूँ तो मेरे गुरु मुझे जगाते हैं। जब मेरे गुरू खो जाते है तो उन्हें खोजने वो जगाने के लिये मैं एकान्त जंगल में घुमता रहता हूँ। उस अक्षर को खोजता रहता हूँ जिस अक्षर से परमात्मा की परिचय हो मिलन प्राप्त हो जाय क्योकि अक्षर ही ब्रम्ह है। ब्रम्ह ही अक्षर है। अक्षर ही मेरे गुरु है। उसी अक्षर की ज्ञान दान ब्राम्हण साधु सन्यासी अपने-अपने भाषा में देते है। संसार के उत्पत्ति के साथ ही अक्षर ज्ञान उत्पन्न हुए थे। अक्षर ज्ञान के कारण ही मानव अन्य प्राणियों में श्रेष्ठ है। अन्य प्राणियों में अक्षर ज्ञान नही होता जिससे उन्हे पशुता प्राप्त होती है। जिस मानव को अक्षर ज्ञान नही होता वह पशु के सामान प्राणी होता है। भोग भोग रहे चारो वर्ण के व्यक्तियों के कल्याण वो शांति प्राप्ति के लिये तथा परमात्मा के तरफ उनमुक्त वो समाहित करने के लिये ब्राम्हण मानव प्राणी को अक्षर ज्ञान देता है। जिसे गुरू मुख करना कहते है जो ब्राम्हण वो साधु वो सत्यासी का कार्य है।

राजा ने हरिराम दूबे से कहा कि तब ब्राम्हण यज्ञ क्यों कराते है ?

हरिराम दूबे ने राजा को बताया कि हे राजा प्रजापति ब्रम्हा ने यज्ञ विधान के द्वारा मानव की रचना किये उन्होने मानव को इच्छित फल पाने के लिये यज्ञ का विधान बनाया। मानव के कल्याण हेतु ब्राम्हण यज्ञ करते वो कराते है जो ब्राम्हण को यज्ञ कराने की कारण है ।

राजा ने कहा कि हे चरवाहा तुम ब्राम्हण हो तो वेद जानते हो ? हरिराम दूबे ने कहा कि हे राजा मैं वेद नही

जानता हूँ परन्तु वेद की रचयिता वो उत्पन्नकर्ता को जानता हूँ ? राजा कहे कि वेद नही जानते हो तो कर्म काण्ड कराते हो

हरिराम ने राजा से कहे कि मैं कर्मकाण्डी ब्राम्हण नही हूँ इसलिए मैं कर्मकाण्ड नही कराता हूँ । राजा ने कहा कि तब तुम श्राद्ध में भोजन करते हो ?

हरिराम दूबे ने राजा को समझाते हुए कहे कि श्राद्ध में सभी ब्राम्हण भोजन नही करते, ब्राम्हणों में भी अनेक वर्ण है, जैसे वैष्णव, वैदिक, कर्मकाण्डी, श्राद्ध में भोजन नही करते कर्म काण्डी, कर्म काण्ड करा सकता है परन्तु श्राद्ध में भोजन नही करेगा क्योकि कर्म काण्ड के द्वारा प्रेतात्मा को पितृरूप दिया जाता है। पितृ की कल्याण हेतु कर्म काण्ड किया जाता है। इस लोक के अलावा एक पितृ लोक है जहाँ पर पितृगण रहते हैं। पितृ लोक की कल्याणकर्ता देवी गायत्री है जो ब्राम्हण

अजपा गायत्री जाप करते है। उसी ब्राम्हण के मुख में पितृगण वायु रूप में निवास करते है वही ब्राम्हण श्राद्ध का भोजन करते है मैं अजपा ब्रम्ह गायत्री की जाप नही कर्ता हूँ इसलिए मैं श्राद्ध में भोजन नही करता हूँ।

राजा कहे कि हे चरवाहा तुम वेद नही जानते हो। कर्म-काण्ड नही कराते हो श्राद्ध में भोजन नही करते हो तो ब्राम्हण कैसे हो सकते हो ?

हरिराम दूबे ने राजा से कहा कि हे राजा जिस तरह से तुम्हारे राज में राजा मंत्री सैनीक सिपाही का पद है वैसे ही परमात्मा ने सनातन धर्म में वर्ण पद की व्यवस्था बनाये हैं। जीव को परमात्मा जिस वर्ण में जन्म देते हैं वह जीव मृत्यु तक धारण करता है। चाहे वह किसी भी वर्ण में चला जाय या किसी भी वर्ण का कार्य करे परन्तु वह अपना जाति वर्ण नही छोड़ता है। संसार में ऐसे अनेको उदाहरण है। द्वापर काल में सबसे बड़े सन्त की उपाधि सुपन भगत को मिली थी फिर भी वो अपने वर्ण का त्याग नही कर सके। परमात्मा भी जिस वर्ण में उत्पन्न हुए है उस वर्ण का पालन किये है। आप भी राजा होते हुए भी अपने वर्ण का पालन करते है। हे राजा आप माने या न माने मैं अपने को ब्राम्हण बता रहा हूँ। इसमें आपकी कोई हानि नही है। सनातन धर्म में कोई पाबन्दी नही है सनातन धर्म के अनेको पथ जिसके कारण फल फुल रहे है।

राजा कहे कि ऐ चरवाहा मैं तुझे ब्राम्हण मानने के लिये तैयार हूँ। तुझे मैं अपना राज पुरोहित नियुक्त कर सकता हूँ परन्तु एक शर्त है कि तुम अपने इस भैंस को मुझे दे दो जो असुर महिसासुर की जानी है जिसके कारण यह अशुद्ध है। भैंस की सेवा करना ब्राम्हण को शोभा नही देती है। इसके बदले में मुझसे सौ गाय लेकर चराओ तुम।

हरिराम दूबे राजा से कहे कि हे राजा ये भैंस मेरी माँ के समान है। इससे मेरा कई जन्मों का नाता है। ये मेरा परवरिश कई जन्मों से करती आ रही है। इसका परित्याग करना मेरे मृत्यु के समान है। इन्हें मैं आपको नही दे सकता। रही बात शुद्ध और अशुद्धता की जो आदमी के मन पर निर्भर करता है। अशुद्ध मन का व्यक्ति ही दूसरे को अशुद्ध देखता है। इस संसार में कोई भी वस्तु अशुद्ध नही है क्योकि सभी की उत्पत्ति अपने-अपने प्रयोजन के लिये शुद्धता के संकल्प से ही परमात्मा द्वारा किया गया है। इस धरा धाम पर न तो कोई शुद्ध है और न ही तो कोई अशुद्ध समय के अनुसार सब शुद्ध अशुद्ध है। इस धरा धाम पर दो वंश है, शुर वंश और अशुर वंश | सुरवंश में भी बहुत से पापी आत्मा उत्पन्न हुए जो नरक के वासी है। असुर वंश में भी पूण्य आत्मा भक्त पैदा हुए जो जीवों के कल्याण के लिये कार्य किये जैसे भक्त प्रहलाद, राजा बलि, गाया सुर, गाया सुर तपस्या करके

जीवों के कल्याण के लिय परमात्मा से वरदान माँगे कि कोई भी जीव अगर मेरे शरीर की स्वर्श कर लेता है, वह बैकुण्ठ वासी होगा।

सभी देवता गाया सुर की शरीर पर वास किये ब्रम्हा स्वयं गाया सुर के शरीर पर यज्ञ किये। भगवान विष्णु भी अपने पैर से गाया सुर के शरीर को स्पर्श किये। सभी देवता गाया को असुर से हटाकर सुर की उपाधि दिये जिससे गाया सुर नाम पड़ा। हे राजा ये भैंस मेरे लिये माता के तरह शुद्ध है ।

राजा ने कहा कि हे चरवाहा मैंने सुना है कि तुम अपने छह मन के भैंस को कन्धा पर उठा कर कोसो दूर पैदल चलते रहते हो किसके बल पर ?

हरिराम दूबे ने राजा से कहा कि हे राजा जो आत्मा आप में हैं वहीं आत्मा मुझमें है। वही आत्मा भैंस में है। पंचतत्व से हमारा तुम्हारा भैंस की सभी का शरीर बनी हुई है। कोई भी अपने शरीर को नही ढोता है सभी के शरीर को पंचभूत ढोते है। पृथ्वी को अपने धुरी पर पंच भूत घुमाते है। पृथ्वी पर पहाड़ की भार हमारा भार तुम्हारा भार इस भैंस की भार सबकी भार पंचभूत ढोते है। पृथ्वी की भार पंच भूत उठाते है। मेरा पैर पृथ्वी पर है। मेरे पैर के उपर मेरा कन्धा है। मेरे कन्धे के उपर मेरी भैंस इसमें मेरा बल कहाँ पर लगा है। हम सबकी भार तो पंच भूतों पर हैं। अगर पंचभूत हमारा आपका भार नही उठाता तो हम सबसे अपना भार उठाना सम्भव नही है। इसलिए मैं जब अपना भार नही उठा सकता तो इस भैंस की भार कहाँ से उठाता हूँ सिर्फ हमारी और आपकी सोच अलग-अलग है।

राजा ने कहा कि हे चरवाहा तुम फिर झुठ बोल रहे हो जिस दृश्य को सभी लोग देखते और कहते है कि तुम भैंस को कन्धा पर उठाकर ढोते हो उसे तुम कहते हो कि तुम नही ढोते हो। पंचभूत ढोते है ?

हरिराम दूबे ने कहा कि हे राजा इस शरीर में दो शरीर है सूक्ष्म और स्थुल दो मन है एक ना कहता है एक हाँ कहता है दो आँख है एक को खोलने से दिखाई देता है और एक को बन्द करने पर भी आप मुझे देख लेंगे। सुक्ष्म शरीर जागृत अवस्था है जिसे जागृत करना पड़ता है। स्थूल शरीर मे सुक्ष्म शरीर को जागृत करने का एक विधान है जिसे साधु सन्यासी ब्राम्हण जानते है। आप अपने स्थूल शरीर से जिसे मान रहे है वह भी मिथ्या है। हम सब जिस पृथ्वी नाम के पीड़ पर खड़े है वह भी मिथ्या है जो हवा में तैर रही है। आप अपने आँख से देखते है वह आँख बोलती नही बोलती तो मुँह है जब देखने वाला कुछ बोलता ही नही है, बोलता दुसरा है तो सत्य क्या है। स्थूल शरीर और सुक्ष्म शरीर में भेद है। स्थूल शरीर में देखता कोई और सुनता कोई और है, बोलता कोई और है। सूक्ष्म शरीर में जो देखते वही बोलता है, वही सुनता है। झूठ और सच क्या है ये पता करना सभी मनुष्य का कार्य है परन्तु

ये निश्चित नहीं है कि सभी मनुष्य सत्य को प्राप्त कर ले संसार के सभी कार्य के पीछे एक कारण है। जो व्यक्ति कार्य के पहले कारण जान लेता है उसे सफल होने का सम्भावना बनता है। जो व्यक्ति कार्य की कारण जाने बगैर कार्य करता है उसे असफल होने की सम्भवना ज्यादा बनती है। आप राजा है आपके भावना को मेरी सूक्ष्म मन देख रही है आप अपने भावना पर पुनः विचार करें तो उचित होगा। जब सूक्ष्म शरीर जागृत हो तो दूसरे शरीर के भावना को जान लेती है। भावना की फलही मानव भोगता है। राजा और ब्राम्हण दोनो का कार्य राज्य का कल्याण करना है। तुम राजधर्म धारण करते वक्त राज्य का कल्याण करने का संकल्प लिये थे मैं जनेऊ धारण करते वक्त संसार के कल्याण करने का संकल्प लिया था ।

राजा कहे कि हे चरवाहा जेनेउ तो मैं भी धारण किया हूँ फिर भी मैं ब्राम्हण नही हूँ। उसी तरह तुम भी जनेउ तो धारण किय हो फिर भी तुम ब्राम्हण नही हो चरवाहा हो ?

हरिराम दूबे ने कहे कि तुम्हारे जनेउ और मेरे जनेउ मैं फर्क है। धागा तो कोई पहन सकता है। किसी के कन्धे पर डाला जा सकता है। जनेउ में तीन तागा होता है तीनो देवो का प्रतिक है जिसे त्रिदेवी स्वरूप ज्ञान के साथ ब्रम्ह विधा के साथ ब्रम्ह को साक्षी मान कर तीन संकल्प लेने के बाद ही धारण किया जाता है। तीनों संकल्प संसार के सर्व श्रेष्ठ संकल्प है। संसार की रचना उसी संकल्प से ब्रम्ह द्वारा किया गया है। उसी संकल्प को पालन करने हेतु जनेउ में नौ फंदा होता है जिसे नौ परवार कहा जाता है तीन गाँठ होते है जो तीन संकल्प को पूरा करने के वचन का प्रतीक है। तीन संकल्प को पाने के लिये 12 वर्ष सन्यास धारण करना पड़ता है। तब जाकर कोई ब्राम्हण जनेउ धारण कर तीनो संकल्प को पूरा करने हेतु ब्रम्ह विधा को प्राप्त करता है। संकल्प पूरा होते ही ब्राम्हण का सशरीर ब्रम्ह हो जाता है। जिसके भिक्षा पात्र में कुवेर बसते है । डण्डी में शिव, माला में बिष्णु, चन्दन में ब्रम्हा तीनों शक्तियों के स्वरूप में गायत्री रक्षा करती है। हे राजा तुम अपना संकल्प पूरा करो मेरा संकल्प भी पूरा होने दो। मुझे चरवाहा कहो या ब्राम्हण कोई फर्क नही पड़ता । हरिराम दूबे अपने वचन को समाप्त कर अपने भैंस को कंधा पर उठाये और चल दिये। राजा हरिराम दूबे को देखते रह गये । शाम होने से पहले दुःखी होकर राजा अपने गढ़ में लौट आया।

हरिराम दूबे ने कहे कि तुम्हारे जनेउ और मेरे जनेउ मैं फर्क है। धागा तो कोई पहन सकता है। किसी के कन्धे पर डाला जा सकता है। जनेउ में तीन तागा होता है तीनो देवो का प्रतिक है जिसे त्रिदेवी स्वरूप ज्ञान के साथ ब्रम्ह विधा के साथ ब्रम्ह को साक्षी मान कर तीन संकल्प लेने के बाद ही धारण किया जाता है। तीनों

संकल्प संसार के सर्व श्रेष्ठ संकल्प है। संसार की रचना उसी संकल्प से ब्रम्ह द्वारा किया गया है। उसी संकल्प को पालन करने हेतु जनेउ में नौ फंदा होता है जिसे नौ परवार कहा जाता है तीन गाँठ होते है जो तीन संकल्प को पूरा करने के वचन का प्रतीक है। तीन संकल्प को पाने के लिये 12 वर्ष सन्यास धारण करना पड़ता है। तब जाकर कोई ब्राम्हण जनेउ धारण कर तीनो संकल्प को पूरा करने हेतु ब्रम्ह विधा को प्राप्त करता है। संकल्प पूरा होते ही ब्राम्हण का सशरीर ब्रम्ह हो जाता है। जिसके भिक्षा पात्र में कुवेर बसते है । डण्डी में शिव, माला में बिष्णु, चन्दन में ब्रम्हा तीनों शक्तियों के स्वरूप में गायत्री रक्षा करती है। हे राजा तुम अपना संकल्प पूरा करो मेरा संकल्प भी पूरा होने दो। मुझे चरवाहा कहो या ब्राम्हण कोई फर्क नही पड़ता । हरिराम दूबे अपने वचन को समाप्त कर अपने भैंस को कंधा पर उठाये और चल दिये। राजा हरिराम दूबे को देखते रह गये । शाम होने से पहले दुःखी होकर राजा अपने गढ़ में लौट आया।

# 3

# हरिराम दूबे की देह त्यागना

हरिराम दूबे से भेट होने के बाद राजा अपने मंत्री के पहलवानो से राय लेने लगे की हरिराम दुबे की भैंस को किसी तरह अपने कब्जा में लिया जा सकता है राजा ने कहाँ हरिराम दूबे की जैसी भैंस इस संसार में दूसरे किसी के पास नही है। मंत्रीगण राजा को राय दिये कि हरिराम दूबे से बल पूर्वक भैंस को प्राप्त करना असम्भव है। हरिराम दुबे ब्राम्हण है। जो ब्राम्हण अपने गृह परिवार समाज को त्याग सकता है वह अपने सिद्धांत के लिये प्राण भी त्याग कर सकता है जिससे राज्य की नुकसान होगी। हे राजा आपका कल्याण इसी में है कि आप भैंस का मोह त्याग दे । राजा कहे कि मेरे ही राज्य का एक चरवाहाँ मेरे ही आदेशो को नही मानता है तो मैं राजा कहाँ का रह गया हूँ। इस क्षेत्र का राजा तो वह चरवाहाँ है जो मुझे ही दण्ड देकर मेरे बातों की 1 अवहेलना करके चला गया और मैं उसे कोई दण्ड नही दे सका। जब तक मैं उसे उचित दण्ड न दे दूँ तब तक मैं इस राज्य का राजा नही । अब आपलोग अपना मनतव्य देना बन्द किजिये अपना-अपना काम देखिए मैं अपनी व्यवस्था स्वंय करा लुगा राजा अपने मंत्री अमान खाँ को बुलाकर कहे कि तुम भी ब्राम्हण से डरते हो । अमान खाँ कहे कि नही मैं नही डरता हूँ। वह ब्राम्हण नही चरवाहाँ है। राजा अमान खाँ को समझा कर कहे कि अपने मवेशीयों के साथ चरवाहाँ के भैंस का हरण कर अपने कब्जा में ले लो ये काम तुमको करना है। मंत्री अपने सभी चरवाहों को बुलवाये जब चरवाहाँ एकत्रीत हो गये तो चरवाहाँ गण का जो प्रमुख था प्रमुख चरवाहों को बुलाकर कहे कि तुम मवेशीयों को चरावर में लेकर जाते हो तुम्हारे पास राज के कितने चरवाहाँ है प्रमुख चरवाहाँ ने बताया की मेरे पास अभी 25

चरवाहा है। मंत्री कहे कि 25 और चरवाहाँ नियुक्त कर लो तथा राज से 15 सैनीक को अपने साथ ले लो ये सभी व्यवस्था हो जाने के बाद अपने राज्य में हरिराम दूबे है जो भैंस रखे है। उनके भैंस का हरण करना है । वो झरही किनारे अपने भैंस को साथ लेकर घुमते रहते है तथा सतसंग सुनाते है। तुम में से दस चरवाहों को उनका सतकार करते हुये सतसंग सुनना है। बाकी चरवाहाँ मवेशी पशुओं को चराते हुये उनके भैंस को अपने पशुओं में मिला लेंगें। जब तुम सब पशुओ को चरते हुये गढ के नजदीक आओगे तो उनके भैंस को अपने गढ़ में लेकर चले आना बाकी लोग उनके साथ रहेगें। मंत्री के आदेश के अनुसार ही मुख्य चरवाहों ने वैसा ही किया शाम के समय हरिराम दूबे की भैंस को अपने पशुओं के साथ मिलाकर गढ के अन्दर लेकर चला आया तथा भैंस को गढ़ के अन्दर बाँध दिया हरिराम दूबे सतसंग सुनाने में व्यस्थ थे जब रात्री की समय हुई सतसंग समाप्त हुआ तो अपने भैंस को ढुढने लगे सतसंग सुनने वाले भी वहाँ से चले गये हरिराम दुबे पुरे रात्री भर झरही के किनारे अपने भैंस को ढुढते रहे। भैंस के साथ साथ दो श्वान भी गुम हो गये थे। हरिराम दुबे झरही नदी के किनारे सरजु नदी से नारायणी तक अगल-बगल के गाँव वो जंगल में 8 दिनो तक बिना खाये पिये अपने भैंस को खोजते रहे 8 वे दिन थक हार कर झरही नदी के किनारे संकल्प किये कि आज अगर मेरी भैंस की खबर नही मिलेगी तो झरही नदी में डुबकर अपना प्राण त्याग कर दुंगा संकल्प कर नदी किनारे बैठ गये। दोपहर दिन बितने के बाद हरिराम दुबे की दो श्वान उनके पास चले आये दोनो के आँखो से आँसू गीर रहे थे दोनो बोलते वो हरिराम दुबे की वस्त्र पकड़ कर खिचने लगे हरिराम दूबे उन श्वानों के पीछे-पीछे चल दिये दोनो श्वान कनक गढ के दरवाजे पर आकर रूक गये राज के सैनीक किसी को अन्दर नही जाने दिये किवाड़ बन्द कर दिये। पुरे रात्री भर हरिराम दूबे अपने दो श्वानो के साथ कनक गढ के दरवाजे पर बैठे रहे । नौवे दिन के सुबह कनक गढ की दरवाजा खुली दो सैनीक गढ से बाहर निकले हरिराम दुबे से पुछे कि यहाँ पर क्यो बैठे हो हरिराम दूबे ने सैनीको से कहे कि मेरी भैंस राजा के पशुओं के साथ गढ़ के अन्दर चली गई है तुम लोग मेरे भैंस को वापस दे दो तो मैं अपने भैंस को लेकर वापस चला जाउगा सैनीक कहे कि तुम लखी बाग के पिपल वृक्ष के पास जाकर बैठो जब राज के पशु चरावर के लिये गढ़ से बाहर निकालेगे तो अपने भैंस को लेकर वापस चले जाना हरिराम दूबे पिपल वृक्ष के पास जाकर बैठ गये दिन चढ़ते ही राज्य के पशु चरावर हेतु बाहर निकले परंतु हरिराम दुबे की भैंस गढ़ से बाहर नही निकली पुरे दिन हरिराम दुबे पीपल वृक्ष के नीचे बैठ कर इन्तजार करते रहे। 10 वे दिन हरिराम दुबे गढ के दरवाजा खुलते ही गढ के अन्दर जाने लगे राज्य के सैनीक हरिराम दुबे को

गढ़ में जाने से रोक दिये। हरिराम दुबे से सैनीक बोले की तुम गढ़ के अन्दर नही जा सकते हो राजा मना किये है। तुम्हारी भैंस गढ के अन्दर बाँध कर रखी गई है राजा के बगैर आदेश के तुम्हारी भैंस तुम्हे नही मिलेगी तुम को अपने भैंस पाने के लिये राजा से मिलना होगा राजा के आदेश पर ही हम तुम्हारे भैंस को वापस दे देगें। हरिराम दुबे सैनीक गण से कहे कि तुमलोग मुझे राजा से मिलवा दो सैनीक बोले कि हमलोग राजा से आप की बातो को दरखास्त कर सकते है आपसे मिलना या न मिलना राजा पर निर्भर करता है। आप पीपल के नीचे चल कर बैठीये अभी राजा आराम कर रहे है मौका पाकर हम आपकी बात रख देंगें। हरिराम दूबे पिपल के नीचे आकर बैठ गये राजा से मिलने की इन्तजार करने लगे पुरा दिन बित गया राजा गढ से बाहर नही निकले और न मिलने की कोई सन्देश ही आया। पुरे दिन हरिराम दुबे राजा से मिलने के लिये इन्तजार करते रहे 14 वे दिन सुबह अपनी लाठी लेकर गढ के दरवाजे पर पहुँच गये सैनीकों से बोले कि जब तक राजा मुझसे नही मिलेगे तब तक मैं किसी को गढ के अन्दर वो गढ़ से बाहर जाने नही दूँगा। हरिराम दूबे कोध से कापने लगे सैनीकों को अपने लाठी की दिखाने लगे भय सैनीक भयभीत होकर राजा के पास पहुँचे सारी बात बताये राजा अपने सैनीक के साथ गढ़ के दरवाजे पर आकर हरिराम दुबे से कहे कि ये तो चरवाहाँ है वो चरवाहा यहाँ पर क्यो आया है हरिराम दुबे कहे कि मेरी भैंस भुल वस आपके गढ़ में आ गई है। आपके सैनीक मेरे भैंस को जबरन बांध कर रखे है। कृपा कर आप मेरे भैंस को वापस कर दे तो मैं अपनी भैंस लेकर वापस चला जाउगा। राजा कहे कि तुम्हारी भैंस भूल वस यहाँ नही आई है। मैं उसे पकड़वा कर मगाया है तुम अपने भैंस के बदले में सौ गाय ले लो चरवाहाँ हो चराते रहना। हरिराम दुबे कहे कि मेरी भैंस मेरी माँ के समान है। तुम अपनी सारी राज्य भी दोगे तभी मैं अपनी भैंस को तुम्हे नही दे सकता हूँ। राजा कहे कि तुम चरवाहाँ हो तो मेरे सैनीकों के साथ युद्‌ध करो परास्त करके भैंस वापस ले जाओ। हरिराम दुबे कहे कि मैं ब्राम्हण हूँ ब्राहमण पहले युद्‌ध नही चाहता राजा कहे कि अगर तुम ब्राम्हण हो तो उस पीपल वृक्ष के नीचे बैठ कर अपना ब्रम्हमत्व की तप दिखाओं हम तुम्हारी भैंस को वापस कर देगें। राजा अपनी बात रख कर गढ के अन्दर चले गये। हरिराम दुबे पीपल वृक्ष के नीचे आकर जमीन पर लेट गये। राज में ये बात प्रचारित हो गई की राजा ने ब्राम्हण हरिराम दुबे की भैंस को बलात हरण करा लिये है हरिराम दुबे वगैर अन्न जल ग्रहण किये लखी बाग के पीपल के वृक्ष के निचे जमीन पर हठ किये सोये है राज के पुरोहीत जब ये समाचार सुने तो भगवान के प्रसाद लेकर हरिराम दुबे के पास आये हरिराम दुबे से अपना परिचय देने के बाद कहे कि तुम 17 दिन से

भूखे प्यासे हो भगवान की मैं भोग लगा कर प्रसाद लाया हूँ प्रसाद पालो मैं राजा से निवेदन कर के तुम्हारी भैंस वापस दिलवा दूँगा । हरिराम दुबे पुरोहीत से न तो कोई बात कहे और नही प्रसाद खाये आख मुद कर सोये उसी दशा में सोये रहे पुरोहीत जी प्रसाद को दो श्वानो को दिये वो भी उसे नही छुये श्वान भी 17 दिन से वगैर अन्न-जल के हरिराम दुबे के चरण के पास पड़े रहे पुरोहीत जी वापस लौट आये। गौशाला में जाकर भैंस को देखे भैंस के सामने दाल मीठा घास जल रखी गई थी भैंस जब से गौशाला में आई थी तभी से न तो कुछ खायी न पीया वेसुध पड़ी हुई थी उसके आखो से आसु गीर रहे थे पुरोहीत जी चारों की दशा देख द्रवीत हो राजा के पास गये। राजा से कहे कि हे राजन आप के राज में एक ब्राम्हण 17 दिनो से भूखा बिना जल पिये पड़ा हुआ है उसकी भैंस को वापस कर दिजिए। राजा कहे कि वह ब्राम्हण नही है चरवाहाँ अहीर है। उसने मेरे आदेश की अवहेलना किया है, उसे अपने बल पर घमंड है मैंने उसे मृत्यु दण्ड नही दिया है। यह काफी है पुरोहीत कहे कि हे राजा वह भुख से मर जायेगा तो आपको भी ब्राम्ह हत्या की दोष लगेगा। राजा कहे कि हे पुरोहीत तुम भी ब्राम्हण हो इस लिये उसकी पक्ष कर रहे हो। वह ब्राम्हण नही अहीर चरवाहाँ है। वह मरे या जीवित रहे मैं उसे भैंस वापस नही करूँगा । पुरोहीत उदास होक वापस अपने देवालय में आकर वगैर प्रसाद पाये सो गये पुरोहीत रात भर स्वप्न में गढ की विनाश देखते रहे सुबह उठ कर मन्दिर के चबुतरे पर बैठ गये कोई पुजा पाठ नही किये स्नान भी नही किये पुरोहीत भय के कारण चबुतरे पर बैठे थे। 18 वे दिन सुबह राजा की छोटी पुत्री पुजा करने मन्दिर में आई मन्दिर में कोई पूजा पाठ नही होते देख पुरोहीत जी के पास जाकर पुछने लगी की हे ब्राम्हण देव आज आप कोई पूजा पाठ नही किये है कारण क्या है पुरोहीत की आखो से आसु गीरने लगे रोते हुए राजा के लड़की से सारी बात सुनाये। राजा की लड़की पुरोहीत जी से कही की ब्राम्हण की भैंस को पिता जी कहाँ पर रखे है चल कर मुझे दिखाईये। पुरोहीत जी राजा के लड़की को साथ लेकर गौशाला के तरफ चल दिये जहाँ पर भैंस बाँध कर रखी गयी थी पुरोहीत जी राजा के लड़की से कहे कि यही भैंस है ये 18 दिन से वगैर कुछ खाये पिये बंधी हुई है। भैस बहुत व्यग्र थी फन्दा तोड़ कर निकलना चाहती थी जिसके लिये बार-बार बोल रही थी भैंस के थान से अपने आप दुध टपक रहे थे राजा की लड़की अपने हाथ में लिये जल पात्र को भैंस के थान के नीचे रख दिया कुछ ही समय में जल पात्र भैंस की दुध से भरने लगी ऐसे देख कर राजा की लड़की काफी आश्चर्य चकीत हो गई पुरोहीत जी से कहने लगी कि इस भैंस के स्वामी हरिराम दुबे कहाँ पर ठहरे हैं चल कर दिखाईये पुरोहीत जी दुध की पात्र उठाकर राजा के लड़की के साथ लेकर लखी बाग में पीपल वृक्ष के

नीचे पहुँचे जहाँ पर हरिराम दुबे जमीन पर 18 दिन से बिना कुछ खाये पिये लेटे हुये थे हरिराम दुबे अपने हठ योग को जाग्रत कर अपने शरीर से 102 वायु को निकाल चुके थे शरीर में मात्र 3 वायु ठहरी हुई थी जिसमें धनन्जय वायु उदर में वे अपने प्राण वायु को अपने ब्रम्ह स्थान में पहुँचा कर शरीर को शांत कर दिये थे। मन और चैतन्य एकाग्र होकर शरीर त्यागने के स्थिति में पहुँच चुकी थी स्वास रूक-रूक कर आती और चली जाती थी। राजा की लड़की हरिराम दुबे की स्थिति देख व्यथित हो व्यग्र होकर हरिराम दुबे की जीवन बचाने के उदेश्य से पुरोहीत जी द्वारा लाये गये दुध पात्र को अपने हाथ में लेकर भैंस के दूध को हरिराम के मूख में डालने लगी मूख में दुध की धार पहुँचते ही हरिराम दुबे पुनः चैतन्य होकर आख खोले देखे की राजा की लड़की अपने हाथ से दुध पीला रही है। हरिराम दुबे धीमे अवाज में कहे कि हे कल्याणी तुम्हारा कल्याण हो तुझे मैं अभय दान देता हूँ इन्ही शब्दो के बाद हरिराम दुबे अपनी आख बन्द कर लिये पुनः ब्रम्ह अवस्था में चले गये माथे से एक प्रकाश निकल कर छाया रूप धारण कर पीपल वृक्ष के नीचे खडी हो गयी हरिराम दुबे की स्वास रूक गयी वो देह त्याग दिये चारो तरफ अन्धेरा छाने लगी हरिराम के दोनो श्वान भी शरीर त्याग कर दिये थे पुरोहीत जी को एक विशाल प्रेत छाया दो विशाल भैंसा दिखाई दिये पुरोहीत भयभीत हो राजा की लड़की को साथ लेकर धुध पात्र को हाथ में लिये गौशाला में आये कि भैंस को मुक्त कर दिया जाय परन्तु उन दोनो के आने के पूर्व ही भैंस मर चुकी थी । भैंस की जगह पर एक विशाल औरत काली रूप में खड़ी थी जिसे देखते ही पुरोहीत राजा की लड़की भयभीत हो राजमहल में पहूँचा कर दुध की पात्र लिये अपने मन्दिर में पहुँचे गये। तभी अकाशभात बहुत तेज हवा चलने लगी गढ के चारो तफर अन्धेरा छाने लगी पुरोहीत जी अपने अहीर शिष्य को दुध पात्र देकर बोले कि इसे भगवान शिव के उपर चढ़ा कर जितना जल्दी हो सके ये स्थान त्याग कर अपने गाँव चले जाओं शिष्य ने बचे हुये दुध को भगवान शिव पर चढ़ा कर पात्र रख कर गढ को छोड़कर अपने गाँव के तरफ चला गया पुरोहीत जी मन्दिर में प्रवेश कर मन्दिर की कवाड अन्दर से बन्द कर दिये। गढ के विनाश होने के बाद राज्य के 16 गाँव के पुरोहीत एकत्रीत हुये झरही नदी के किनारे चीता बना कर हरिराम दुबे की दाह संस्कार किये।

हरिराम, हरिराम, हरिराम

# 4

# कनक गढ की विनाश

गढ में सबसे पहले अग्नी की तेज लुप्त हो गई राज में अग्नी संग्रह रखने हेतु अग्नी कोष था जिसमें 24 घड़ी आग जलती रहती थी अग्नी जल रही थी लौ निकल रहा था धुआ भी दिखाई दे रहे थे परन्तु उस अग्नी में तेज नही या हाथ डालने से भी जलने का प्रभाव नही पड़ रही थी राज के खनसामा अग्नी में घी कपुर डाल रहे थे परन्तु कोई प्रभाव नहीं दिखाई दिया सभी राज कर्मचारी घबड़ा कर राजा से गुहार लगाये राजा भी काफी प्रयास किये परन्तु सभी प्रयास विफल रहा अग्नी के अभाव में गढ़ के अन्दर भोजन नही पका जिससे पुरे दिन फल शरबत पीकर सभी लोग दिन व्यतित किये। शाम होते ही राज के चरवाहाँ सीपाही राज के पशुओं को चरावर से वापस गोशाला में लेकर आये गोशाला में अज्ञात विशल काय साढ घुस आया पशुओं को मारने लगा पशु मार खाने से चिलाने लगे। राजा की तीनों हाथी पागल होकर पशुओं से भीड़ गये घोड़ा घोड़ा को मारने लगे काफी कोल्हाल मच गया कुछ पशु झरही के तरफ भाग गये जो पशु गोसाला में मिले उन्हें साढ वो हाथी ने मार दिया राज के चरवाहे सीपाही जो पशुओं को बचाने गये उन्हे भी साड ने मार दिया पूरा गोशाला खाली पड़ा था। मंत्री अमान खाँ को हाथि पटक कर मार दिया रात की अन्धेरा होते ही गढ के अन्दर चारों तरफ जोरो की हल्ला कोलाहल हाथी घोड़ा की चिल्लाने की आवाज सुनाई पड़ रहा था अन्धेरा होने के कारण किसी को कुछ दिखाई नही दे रहा था राजा अपने विस्तर पर बुखार से बेहोशी के हालत में पड़े हुये ये उन्हें लग रहा था कि कोई उनका गला दबा रहा है। पुरे रात अपने कारीन्दे सीपाही का नाम ले लेकर बुलाते रहे । राजा के पास कोई नही पहूँचा सुबह दिन निकलने पर राजा की छोटी लड़की राजा के सयन कक्ष की दरवाजा खोल अन्दर पहुँची तो राजा विस्तर पर छटपटा रहे थे। राजा की लड़की द्वारा राजा का शरीर

छुते ही राजा को छट पटाना बन्द हो गया राजा होश में आ गये। राजा अपने लड़की से पुच्छे कहाँ है सब तुम्हारी माँ कहाँ है भाई सब कहाँ है कोई मेरे पास नही आ रहा है। राजा की लड़की ने रोते हुए बताई की आपके मंत्री सीपाही नौकर चाकर पत्नी पुत्र हाथी घोड़ा जानवर सब मृत होकर जहाँ तहा पड़े हुये है पुरे गढ में आप और मैं राजपुरोही जीवीत है। आप के राज्य का विध्वनस हो चुका है। राजा ने अपने पुत्री से पुछा किसने किया ये सब विन्ध्वस राजा की लड़की ने बताई कि किसी ने कुछ देखा नही है राजा अपने विस्तर से उठ कर गढ़ के बाहर निकलने लगे जैसे ही दरवाज पर पहुँचे एक विशाल साड उनहे देखकर घुरने लगा भय के कारण दरवाजा बन्द कर अपने लड़की के साथ लेकर अन्दर चले गये घर के अन्दर पत्नि पुत्र पुत्री नौकरों की मृत शरीर पड़ा हुआ था राजा गढ के पीच्छले दरवाजा से बाहर निकलने के लिये पहुँचे तो देखे कि दरवाजा पर आग लगी हुई है आग की लपट तेज है राजा पिच्छे के तरफ मुड कर गढ़ के गुप्त भार्ग से निकलने के लिये गुप्त भार्ग का दरवाजा खोले तो देखे की गुप्त रास्ता घुवा से भरा हुआ है राजा पुनः अपने निवास में लौट आये राजा भुख प्यास से तड़प रहे थे। पिने के लिए जल लिये तो जल से ऐसा दुर्शन्ध निकल रहा था की जल नही पिसके राजा की दुर्दशा देख राजा की लड़की राज पुरोहीत को बुलाने गढ़ से बाहर बने मन्दिर में चली गई जहाँ पर पुरोत जी ये तभी राजा अपना शरीर दिवाल पर पटकने लगे लग रहा था की कोई उनका सीर पकढ़ कर दिवाल से लड़ा रहा है। राजा का सीर लहु-लुहान हो गया राजा बेहोश होकर जमीन पर गीर गये। राज पुरोही के साथ राजा की लड़की राजा के पास पहुँची तो राजा मर चुके थे । राजा कि लड़की काफी भयभीत थी उसे कुछ समझ नही आ रहा था कि क्या हो रहा है क्या करे तभी राजपुरोही राजा की लड़की का हाथ पकड़े और गढ़ से बाहर आकर मंन्दिर में बैठ गये लड़की भी वही बैठ कर रोने लगी। अब गढ में कोई नही था सिर्फ गढ़ में कभी धुवा तो कभी आग की लपटे तो कभी जानवरों की भयानक अवाज सुनाई पड़ता था गढ़ के विनाश की कथा चारो तरफ फैल गई राज के लोग राज छोड़ कर भागने लगे राज का विनाश हो गया राजपुरोही और राजा की लड़की राजपरिवार के मरे हुये व्यक्तियों को झरही नदी के किनारे यथा संभवव चीता बना कर दाह संस्कार किये दोनो गढ से बाहर मन्दिर में आकर रहने लगे। राज पुरोहीत लखी बाग से फल चुन कर लाते झरही नदी से पानी लाकर भगवान को भोग लगा कर राजा की लड़की को प्रसाद कह कर खिलाते स्वयं खाकर दिन काटने लगे गढ के चारो तरफ प्रेत का वास हो गया था कभी साड के रूप में तो कभी सर्प के रूप में कभी विशाल कंकाल छाया रूप में कभी गढ के उपर तो कभी गढ़ में दिखाई देते थे। कभी-कभी गढ़ में भयानक आग लग जाती

थी और अपने आप शांत भी हो जाती कभी अकस्मात आधी आती और पुरे गढ को धुल से ढक देती ऐसा लगता था कि गढ़ के उपर बार-बार किसी राजा के द्वारा आक्रमण किया जा रहा है। गढ़ कुछ आग से जल कर राख बन गये थे राज कोष में रखे अन्न में किड़ा उत्पन्न हो गये थे। राज कोष में रखे हीरा ज्वाहरात मोहरो पर सर्प बैठे हुये दिखाई दे रहे थे बगीचा में फल पक कर गीर कर सड़ रहे थे उन्हे कोई छुने वाला नही या आदमी वो पशुओं के शव के सड़ने से दुर्गन्ध उत्पन्न हो गई थी।

राजा की लड़की ने पुरोहीत जी से पुच्छने लगी कि हे महाराज कोई दिखाई नही दे रहा है फिर इतना बड़ा संहार कौन कर रहा है और क्यों कर रहा है ?

पुरोहीत जी राजा की लड़की को समझाते हुये कहने लगे कि हरिराम दूबे ब्राम्हण थे जिनके साथ राजा ने अत्याचार किया हरिाम दूबे अपना देहत्याग किये जिससे हरिराम दुबे की अकाल मृत्यु हो गई और वो प्रेत रूप धारण कर राजा वो राजा के सीपाही वंशज पशु हाथी घोड़ा कुल 520 जीवों का संहार कर दिये। अब राजा सहित 520 जीव प्रेत रूप में हो गये है। वे सभी हरिराम ब्रम्ह के सेवक है तथा उनके साथ तत्पर है। अब हरिराम प्रेत ही यहाँ के राजा है बाकी 520 सौ प्रेत उनका सेवक सभी प्रेत हरिराम ब्रम्ह के आदेश से ही राजा के गढ़ वो राजय क्षेत्र का विनाश कर रहे हैं।

राजा की लड़की ने पुरोहीत जी से पुच्छने लगी कि राजा वो राजा के सीपाही अपने ही घर वो गढ की विनाश क्यो कर रहे है ?

पुरोहीत जी लड़की को समझाते हुए कहने लगे जब जीव अपना शरीर छोड़ कर प्रेत जोनी को प्राप्त हो जाता है तो वह प्रेत के अधिन हो जाता है प्रेत जोनी है जिसकी राज अलग है। ईस्वर द्वारा इन जोनीयों के लिये भी व्यस्था बनाई गई है। जब कोई भी जीव किसी लोक या पीड़ शरीर धारण नही करता तब तक वह प्रेत योनी में रहता है वे स्वास के द्वारा भोजन प्राप्त करते है। प्राण, चेतन मन, प्रालब्ध चारो में सबसे ताकतवर मन है जो महामाया का रूप है। माया के कृपा से मन ब्रम्ह विष्णु शंकर किसी भी देवता राक्षस सबका रूप धारण कर लेता है। एक पल भी न तो चैन से रहता है न किसी को रहने देता है अपने बल से वही महाप्रेत भी है। इस योनी की व्यवस्था जीव उत्पति के समय से ही है। जिसका वर्णन वेद में भी है परन्तु पूर्ण रूप से इन जोनीयों की व्यवस्था उपनीषद काल में किया गया जब मानव विकास करने के बाद गाँव की व्यस्था किया तो गाँव में भी प्रेत योनी की व्यवस्था किया गया ।

राजा की लड़की ने पुरोहीत जी से पुछने लगी कि गाँव में प्रेत योनी की व्यवस्था कैसे किया गया और क्यो किया गया?

पुरोहीत जी लड़की को समझाते हुये कहने लगे कि गाँव की व्यवस्था होने के पहले सभी लोग कबीलाई रूप में कभी यहाँ कभी वहाँ ठहरते भ्रमण करते हुये जीवन यापन करते थे किसी जगह की परिचय का एक मात्र पहचान नदी पहाड़ा नाला से होती थी। गाँव के व्यवस्था के पहले लोग अपना परिचय फला खण्ड के या फला दीप के फला नदी के किनारे इतना कोस दुरी पर फला वर्ण के लोग रहते है। या फला पहाड़ के तलहटी या फला पहाड के उपर रहते है। जैसे सरयुपार से आये है गंगा पार से आये है उपनीष काल में मानव का विकाश हुआ तो गाँव की व्यवस्था किया गया। गाँव को पुर कहा जाता है। गाँव बनाने के लिये धरती के कुछ खण्ड को व्यवस्थीत करने के लिये उस क्षेत्र के चारों कोण पर पाँच देवता की व्यस्था किया गया जिसे पंच देवता कहाँ जाता है। गाँव में डीह अलग होता है डीह छोड़ कर कोई अपना घर दूसरे जगह पर नही बना सकता है। गाँव के बीच डीह ब्रम्ह पश्चिम में गाँव की भगवती सायर की भगवती यानी सभी की भागवती स्थान दिया गया है। सभी देवता को भगवती का स्थान दिया गया है। सभी देवताओं का सेवा पूजा पाठ पुर की सभी जीवों का हीत करने वाला पुरोहीत होता है कनक गढ भी पुर है जिसका विनाश मेरे आखों के सामने हो रहा है मैं इस पुर का पुरोहीत हूँ। मृत राजा रानी तुम्हारे भाई बहन अन्य जीवों का हीत सोचना मेरा धर्म है राजा की लड़की अपने माता-पिता भाई बहन की याद आते ही रोने लगी उसके आखों से आसु गिरने लगी ।

पुरोहीत जी की लड़की को राजा समझाते हुऐ कहने लगे कि तुझे रोने से मना नही कर रहा हूँ क्योकि मरने वाले व्यक्ति का सुरत अपने मन में रख कर अगर कोई रोता है तो उसे रोकना नही चाहीये क्यों कि रोकने वाला दोष का भागी होता है। जब कोई व्यक्ति अपने प्रिय व्यक्ति की सुरत याद कर रोता है तो उसके आखों से निकलने वाला आंसु ही मृत जीव को शांति देती है उस आसु से ही जीव त्रिप्त होती है।

राजा की लड़की पुरोहीत जी से पुच्छने लगी की क्या मेरे माता-पिता के जीवात्मा मेरे आसु को प्राप्त कर रहे है तो पुरोहीत जी कहने लगे कि जीव तो अमर धर्मा है वो न तो मरता है नही कुछ खाता और नही पिता है। राजा की लड़की कहने लगी की आपने तो अभी बता रहे थे कि मेरे आंसु से मेरे माता-पिता तृप्त हो रहे है। पुरोहीत जी राजा के लड़की को समझाने लगे। जब कोई व्यक्ति मरता है तो सुक्ष्म शरीर सबसे पहले शरीर छोड़ देते है सुक्ष्म शरीर में जीव चेतना मन प्रालब्ध एक साथ होते है। सुक्ष्म शरीर मृत शरीर से अलग रहकर भी अपने मृत शरीर में पुनः प्रवेश करने का प्रयास तब तक करता है जब तक शरीर में धननजय वाय रहता है

धननजय वायु 24 घन्टा तक रहता है। जीवित शरीर में 105 वायु होते है जिसमें पाँच वायु मुख्य है मुख्य वायु में एक वायु धननजय वायु है जो शरीर के खानशमा है शरीर का परवरिश करती है। जीव के शरीर त्यागने के बाद 24 घन्टा तक मृत शरीर का परवरिश कता है। 24 घन्टा के बाद शरीर का दाह संस्कार करने वाले को सुतक नही लगता है। दाह किया करने वाले व्यक्ति चीता पर पीड़ दान गौ दान देकर धनन्जय वायु को शरीर त्यागने का आग्रह करता है। शरीर के पंचतत्व में विलिन होने के बाद सुतक व्यक्ति धनन्जय वायु को पिपल पेड़ के नीचे स्थान देकर भोजन पानी दस दिनों तक देता है। ग्यारहवे दिन पिड़ दान उपदान एक वर्ष के लिये भोजन रहने खाने की शारी व्यवस्था दान देकर सुतक दोष का निवारण करता है। 9 माह के बाद जब पुनः जीव पिड़ धारण कर लेता है तो धनन्जय वायु उसी पींड यानी शरीर में प्रवेश लेकर अपना कार्य करना सुरु कर देता है।

राजा कि लड़की ने पुरोहीत जी से पुच्छने लगी कि सूतक का दोष क्या है ?

पुरोहीत जी बताये कि जो दोष दो प्रेमी जीव को अगल करने में व्यक्ति को लगता है।उतना ही दोष सूतक को लगता है। किसी को घर को जला देने का जो दोष व्यक्ति को लगता है। वही दोष सूतक को लगता है।

राजा की लड़की ने पुरोहीत जी से पुच्छने लगी की मरे हुये व्यक्ति का नाम लेकर दान उपदान क्यो किया जाता है।

पुरोहीत जी राजा की लड़की को समझाने लगे कि परमात्मा द्वारा जीव के कल्याण के लिये अनेको लोक का निर्माण किया गया है। अनेको रास्ता बनाया गया है। जिसमें एक पीतृ लोक भी है त्रीपीन्ड़ी किया द्वारा जीव को पीतृ लोक में समाहित किया जाता है। जब तक जीव किसी अन्य लोक या पीण्ड शरीर धारण नही करता तब तक वह पितृ लोक में निवास करता है। पितृ के कुल वंशज द्वारा संकल्पीत दान से ही पीत्र गण का परवरिश होता है। पितृ गण अपने स्वास से भोजन प्राप्त कर शांत होते है । वे सभी कर्मकाण्ड जीव के शांति हेतु बनाया गया है। जीव का मन शांत नही होने पर मन माया रूपी प्रेत ब्रम्ह अनेको रूप धारण कर कष्ट भोगते हुये दुसरे को भी कष्ट देते रहते है। तुम इस राज की एक मात्र जीवीत संन्तान हो मै इस पूर का पुरोहीत इसलिये हमदोनो को जीव के कल्याण हेतु कर्मकाण्ड करके अपने दोष की निवारण करना चाहिये। जो यहाँ सम्भव नही है । इस लिये हम दोनो को काशी चलना चाहिये । राजा की लड़की बात समझने के बाद काशी जाने के लिये राजी हो गई।

# 5

# राजा की पुत्री वो पुरोहित का काशी नरेश के यहाँ जाना

कनकगढं में राजा के पुरोहित वो राजा के पुत्री के अलावा और कोई गढ में जीवित नही बचा हुआ था। राजा की एक मात्र जीवित पुत्री माता-पिता भाई-बहन की मृत्यु के कारण काफी भय वो दुख में थी। राज परिवार के मरे हुए व्यक्तियों की श्राद्ध कार्य भी नही हो सका था। राजा की एक सन्तान में पुत्री की मात्र व्यवस्था कैसे हो, इन्ही सब कार्यो की चिंता से राज परिवार के वृद्ध पुरोहित काफी परेशान थे। गढ के अन्दर अब कोई आता-जाता नही था। कनक गढ़ वीरान खण्डहर भय से व्याप्त जगह बन चुकी थी। गढ़ के अन्दर भूत-प्रेत जानवर सर्प विचित्र रूप में दिखाई दे रहे ये राज कोष में एकत्रित अन्न में कीड़ा पड़ गये थे। खाने-पीने की कोई व्यवस्था नही बचा था। पुरोहित ने राजा के लड़की से कहे कि पुत्री अब हम दोनों का गढ़ में रहना कठिन है। हमारी इच्छा है कि हम दोनों काशी राज में चल कर रहे। मैं इस राज का पुरोहित होने के नाते राज परिवार के मरे हुए व्यक्तियों का जब तक श्राद्ध कार्य नही करूँगा और तुम्हारे रहने की समुचित व्यवस्था नही करूँगा तब तक मैं अपने जीवन से मुक्त नही हो पाऊँगा । राजा के पुत्री ने कहा की अब मुझे भी जीवित रहने की कोई इच्छा नही हैं। मेरे परिवार का विनाश हो जाने के बाद भी जो कलंक की टीका मेरे कुल के माथे पर लग चुका है वह भविष्य में कही जाने से समाप्त होता नजर नही आ रहा है। पुरोहित ने पुत्री को समझाते हुए कहने लगे

कि है पुत्री मैं तुम्हारे पिता तुल्य हूँ, तुम्हारे परिवार की कल्याण की बातें सोचना मेरा धर्म है। मुझे लग रहा है कि हम दोनो काशी राज में चले तो हम दोनो का कल्याण होगा। क्योकि काशी नरेश तुम्हारे परिवार के संबंधी है हो सकता है काशी नरेश द्वारा पुनः कोई समस्या की समाधान किया जा सके। दुसरी बात यह हैं कि तुम्हारे कुल का श्राद्ध कार्य काशी में ही होता है। मैं काशी में रहकर राज परिवार के मरे हुए व्यक्तियों की श्राद्ध कार्य करने के बाद शांति प्राप्त करूँगा । पुरोहत द्वारा काफी समझाने बुझाने पर राजा की पुत्री काशी जाने के लिय तैयार हो गई।

पुरोहित जी यात्रा के लिये कुछ खाने-पीने की व्यवस्था करने के लिए अपने बगल के गाँव में गये । शाम तक कुछ खाने पीने का सामान लेकर वापस आ गये। सुबह चलते वक्त राजा की पुत्री कुछ सोना की मोहर गहना गठरी बाँध कर चलने की तैयार हुई। तभी अनेक प्रेत छाया रूप में खड़े हो गये, कोई साढ रूप में तो कोई सियार रूप में हुंकार भरने लगे। पुरोहित को लगा कि ये दुराचारी आत्मा हमें जाने नही देगे पुरोहित जी ने राजा के पुत्री से पुछा कि गठरी में क्या बाँधी हो । पुत्री ने सब सच-सच बाता दिया की आप को मेरे परिवार के मरे लोगो का श्राद्ध कार्य करते वक्त धन की जरूरत पड़ेगी। इसलिये थोड़ा धन इस गेठरी में बाँध कर ले लिया हूँ। पुरोहित पुत्री को समझाने लगे, देखती नही हो गढ़ की कोई भी सामान कोई नही छूता है। हम दूसरे गाँव से जाकर कुछ सामान लाये हैं। तुम जो गठरी बाँधी हो उसे गढ़ में ही छोड़ दो, हम लोग गढ़ का कोई वस्तु लेकर नही चलेगें । नही तो ये प्रेतात्मा हमें जाने नही देगें। राजा की लड़की उस गठरी को गढ़ में ही छोड़ पुरोहित जी के साथ यात्रा में निकल पड़ी। वृद्ध पुरोहित एक हाथ से माथे पर सामान की गठरी, दुसरे हाथ से पुत्री की हाथ पकड़े काशी के लिये चल दिये। कई दिन की यात्रा करने के बाद दोनो काशी नरेश के दरबार में पहुँच कर राजा से मिलने की फरीयाद करने लगें। सुबह से बगैर कुछ खाये दोनो राजा के दरवाजे पर बैठे थे दिन की पहर चढ़ते ही राजा का सैनीक आकर कहा कि तुम दोनो को महाराज अपने राज कक्ष में बुलाये है, चलो, सैनीक के साथ दोनो चल दिये। काशी नरेश के राजा दरबार में दोनो पहुँचने के बाद राजा को शष्टांग प्रणाम किये। पुरोहित अपना तथा पुत्री का परिचय राजा को बताये तभी राजा ने पुरोहित से पुछा कि ये राजा की पुत्री तुम्हारे साथ क्यों आई है ? राजा कनक शाही कहाँ है ? राज का क्या समाचार है। राज में सभी कुशल तो हैं ? पुरोहित रोते हुए कनक गढ़ की विनाश की सारी घटना काशी नरेश को बताये। काशी नरेश घटना सुनकर काफी दुखी हुए। अपने एक कार्यकर्ता को बुलाकर लड़की को महारानी के पास पहुँचाने का आदेश दिये। खानशामा को बुलाकर वृद्ध पुरोहित के रहने खाने की व्यवस्था के साथ कनक गढ़

में मरे व्यक्तियों की श्राद्ध कार्य करने हेतु कुछ धन मुहैया कराने का आदेश के साथ ही अपने एक मंत्री को कुछ सैनिकों के साथ कनक गढ़ की यथास्थित जानने हेतु तथा यथाशिघ्र लौट कर सुचना देने की आदेश देकर काशी नरेश राज प्रसाद में वापस लौट गयें।

# 6

# हरिराम ब्रम्ह का काशी जाना

काशी नरेश के द्वारा अपने मंत्री को कुछ सैनिकों के साथ कनक गढ़ जाने का आदेश दिया गया था। मनाने कनक गढ़ से लौट काशी नरेश को कनक गढ़ की स्थिति से अवगत कराये कि कनक गढ़ की जनता प्रेत के भय के कारण गढ़ के राज को छोड़ कर दुसरे क्षेत्र में जाकर बसने लगी है। कनक गढ़ वीरान पड़ा हुआ है। गढ़ के अन्दर आदमी, पशु, मरे हुए पड़े है। उनकी लाश बदबु दे रहे है। गढ़ पर प्रेत का पहरा है, कोई भी व्यक्ति गढ़ के अन्दर नही जाता है। राज का खजाना सोना चाँदी मोहर असर्फी सब ऐसे ही पड़ा हुआ है। उसे कोई छूता तक नही हैं। मंत्री ने कहा कि मैं अपने कुछ सैनीको को गढ़ के अन्दर भेजने की प्रयास किया परन्तु सैनीक जैसे ही गढ़ के अन्दर प्रवेश किये चिल्लाते हुए वापस भाग आये और गढ़ के बाहर बेहोश होकर गिर गये हम सब लोग काफी प्रयास किये तो सैनीक होश में आये तो बताये कि हम सब जेसे ही गढ़ में प्रवेश किये तो देखे कि एक विशाल कंकाल रूप में एक प्रेत हमलोगो पर आक्रमण किया और सब हम भय कारण भागने लगे और भय के कारण बेहोश होकर गिर गये । ये बात कहते हुए सभी सिपाही काँप रहे थे। तभी हम सब लोग कनक गढ़ से वापस काशी लौट आये। कनक गढ़ राज पर अब प्रेत का राज हैं वहाँ जाना काल के मुह में जाने के समान है।

काशी नरेश कनक गढ़ की समाचार सुन कर काफी दुखी हुए तथा राज्य के सभी ओझा गुनी सोखागण को बुलाकर कनक गढ़ की प्रेत से मुक्त कराने हेतु राय मशवीरा करने लगे परन्तु कोई भी तान्त्रिक ओझा प्रेत को शांत करने हेतु तैयार नही हुए। तब राजा द्वारा काशी के ब्राम्हणों में श्रेष्ठ सभी विधा के जानकार शेष

सनातन जी को काशी नरेश ने अनपे मंत्री को भेज कर बुलावाए तथा कनक गढ़ की स्थिति को बता कर निदान पुछने लगे। शेष सनातन जी महाराज हरिराम दुबे की नाम गोत्र की गणना करने के बाद कहने लगे कि महाराज स्थिति तो बहुत विकट हैं परन्तु देवी की कृपा हो तो प्रेत राज शांत हो सकते है। इसके लिए 108 शुद्ध ब्राम्हणों द्वारा ग्यारह दिन तक देवी कि मंत्र जाप करना होगा। राजा प्रसन्नचित होकर शेष सनातन जी के पाव पर गिर कर कहने लगे कि ब्राम्हण देवता अगर ऐसा होता है तो कनक गढ़ के राज परिवार के माथे से ब्राम्हण हत्या का दोष समाप्त हो जायेगा तथा कनक गढ़ राज की जनता सुखी होकर जीवनयापन करेगी। आपके द्वारा किया गया ये कार्य युगों-युगों तक स्मरण रहेगा। हे ब्राहम्ण देवता आप ब्राम्हण की व्यवस्था करके यज्ञ की तिथि निश्चित करें। यज्ञ में जो भी धन की खर्च होगा मेरे राज कोष से किया जायेगा। शेष सनातन जी महाराज वैशाख माह में यज्ञ कि तिथि निश्चित किये राजा द्वारा सभी तैयारी करने के उपरान्त शेष सनातन जी महाराज 108 ब्राम्हणों को लेकर वैशाख पूर्णीमा तिथि के 15 दिन पहले ही कनक गढ़ के लखी बाग में पहुँच गये। लखी बाग में विशाल पिपल वृक्ष के नीचे जहाँ पर हरिराम दूबे अपन शरीर त्याग किये थे। वहीं पर यज्ञ की बेदी बनाई गई। 108 ब्राम्हणों द्वारा यज्ञ आरम्भ किया गया। यज्ञ के समय अनेकों बाधाए उत्पन्न हुई परन्तु जैसे उत्पन्न हुए वैसे ही समाप्त होती गई । ग्यारहवे दिन यज्ञ समाप्त होने के बाद 108 ब्राम्हणों द्वारा प्रेत राज हरिराम दूबे की जय-जयकार के साथ एक सुर से प्रकट हो प्रकट हो कह कर निवेदन किया गया ।

बार-बार ब्राम्हणों द्वारा आग्रह करने के बाद प्रेत राज हरिराम दूबे एक भयंकर हवा के झोंका के साथ विशाल छाया रूप में पीपल वृक्ष के नीचे प्रकट हुए। छाया को देखते ही सभी ब्राहम्ण शष्टांग होकर प्रेत राज हरिराम दूबे को प्रणाम करने लगें। सिर्फ शेष सनातन जी अपने आसन पर बैठे हुए प्रेत राज को शान्त होने का निवेदन कर रहे थे कि हे प्रेत राज आप तो दया के सागर है। आप साक्षात ब्रम्ह हैं। आप भूतों के भावों को उत्पत्ति विनाश करने वाले अधि देव अधिभूत हैं। आपके कल्याण हेतु हम सब ब्राम्हण एकत्रित होकर यज्ञ किये है जिसे आप प्रसन्न होकर प्रकट हुए। यही हमारे पूजा का फल है। आप प्रसन्न हो आप प्रसन्न हो आप प्रसन्न हो तभी एक गड़ गड़ाहट के साथ गम्भीर आवाज प्रगट हुई। हे ब्राम्हणों में ब्राम्हण वंश का होते हुए भी कोधवश शुद्र का कार्य किया हूँ। जिससे अनेक अशुद्ध प्रेतात्माये मेरे चारों तरफ एकत्रित हो चुकी है जिससे मैं अशुद्ध हो चुका हूँ। मेरा ब्रम्ह तेज प्रेत गति में मिल गई है। इसलिय हे ब्राम्हणों कल जेष्ठ मास के प्रथम वृहस्पति के दिन आप सब ब्राम्हण मिल कर मेरा जनेऊ उपनयन संस्कार कर दे तो मैं पुनः

अपनी ब्रम्ह गति को प्राप्त कर सकता हूँ। भोज की जगह छः मन की एक लड्डु बनाकर प्रसाद चढावे इन्ही शब्दों के साथ छाया लुप्त हो गई। आवाज भी बन्द हो गई। सभी ब्राम्हण प्रसन्न होकर शेष सनातन जी को बार-बार प्रणाम करने लगे। सुबह होते ही मिट्टी की पिण्ड बनाकर पिंडी को गाय दूध से अभिषेक कराने के बाद स्थापित किया गया। पुनः पींडी का जनेऊ संस्कार (उपनयन संस्कार 108 ब्राम्हणों के मंत्रोचार के साथ शुरू हुआ है। छः मन की लड्डु प्रसाद के रूप में चढ़ाया गया।

ब्रम्ह जी महाराज प्रसन्न होकर छाया रूप में प्रकट हुए। सभी ब्राम्हण हाथ जोड़ कर निवेदन करने लगे हे ब्रम्ह देव क्षेत्र की शांति हेतु वचन दीजिये। राजा की गलती को क्षमा कीजिये। हे देव आप ब्राम्हण हैं किसी को नुकसान पहुँचाये बिना दूसरों की पीड़ा मुक्ति का कामना करना ही ब्राम्हण का कार्य है। अब आप अपने धर्म पर लौट आईये। पीड़ा भोग रहे जीवों को पीड़ा से मुक्त कर क्षेत्र में शांति स्थापित कीजिये। जिससे क्षेत्र की जनता की कल्याण हो।

देव कृपा से स्थापित पीड़ से एक गम्भीर आवाज आने लगी है ब्राम्हणों में इस स्थान को छोड़ कर काशी वास करूँगा। काशी में बारह वर्षो तक रहकर सन्यास धारण कर तपस्या करूँगा। 12 वर्षो के बाद मैं पुनः अपने स्थान पर देवी कृपा से आकर निवास करूँगा। मेरे द्वारा 520 ब्रम्ह उत्पन्न किये गये है जो मेरे सेवा में तत्पर रहते है वो अब मेरे राजधानी में महाराज रंजित कुमार वो धुरा सती के राज में रहकर विचारण करेगे तथा किसी भी जन का नुकसान नही करेगें। यहाँ से पुरब वो दक्षिण कोना पर 6 कोस की दूरी पर मेरा राजधानी है। वहाँ पर सभी प्रेत राजा रंजित कुमार के राज में रहेगें। मैं कनक गढ़ को 12 वर्षो के लिये मुक्त करता हूँ परन्तु गढ़ में कोई दूसरा राजा निवास नही करेगा। मैं गढ़ को मुक्त करता हूँ। कल आपलोगों के साथ ही काशी चलने का वचन देता हूँ।आवाज शांत हो गई। सभी ब्राम्हण प्रसन्न होकर बाबा हरिराम जी की जै जै कार करने लगे बाबा हरिराम के उपनयन संस्कार के बाद ब्राम्हणगण का भोजन हुआ शेष सनातन जी भी ब्राम्हणों को काशी लौटने का आदेश दिये। सुबह में काशी लौटने की तैयारी होने लगी। बाबा हरिराम के स्थान के पीड़ से थोड़ा मिट्टी फुल अच्छत पैसा लाल पकड़ा में बाँध कर पालकी में रखा गया। पालकी उठाने के लिये आठ कहार लगे सबसे आगे बाबा हरिराम की पालकी पीछे में शेष सनातन जी की पालकी उनके पीछे 108 ब्राहम्ण एवं अन्य करीन्दा पैदल काशी के लिये चल दिये। शेष सनातन जी महाराज का आदेश था कि ब्रम्ह जी महाराज की पालकी जो भी कहार उठायेगें वो स्नान करने के बाद ही पालकी उठायेगें। रास्ते में शौच किया में अशुद्ध होने पर पुनः स्नान

करने शुद्ध होने पर ही पालकी उठायेगें। सरजु नदी पार करने के बाद सरजु तट पर ही विश्राम करने का आदेश शेष सनातन जी महाराज दिये। पेड़ के छाँव में सभी लोग विश्राम किये। विश्राम के बाद पुनः सभी लोग चलने लगे। हरिराम ब्रम्ह जी की पालकी में लगे हुए एक कहार ने दूसरे कहा से पुछने लगा कि तुम शौच करने के बाद स्नान क्यों नही किया। दूसरे कहार ने कहने लगा कि ज्यादा पवित्र मत बनो। स्नान नहीं किया तो क्या हो गया। हमारे पालकी में तो फुल अच्छत रखा हुआ है। पालकी में क्या है कि अशुद्ध हो जायेगा । लगता है कि खाली पालकी हम ढो रहे है। पहला कहार बोला कि जब शेष सनातन महाराज जानेगें तो जवाब देना। दूसरा कहार कहा कि तुम हल्ला करोगे तो सब जानेगे, नही तो कौन जानता है कि मैं स्नान नही किया हूँ। पहला कहार ने कहा कि ठीक है। मैं किसी से नही कहूँगा तभी पालकी की भार बढ़ने लगी। ऐसा लगा कि पालकी में पाँच दस सवार एक ही साथ चढ़ गये है। कहारों की चाल धीमी होने लगी। कुछ दूर जाते-जाते सभी कहार थक गये देह से पसीना गिरने लगी सभी हांफने लगे। पालकी की भार असहाय होने के कारण सभी कहार पालकी वहीं रख दिये। कुछ समय आराम करने के बाद कहार जब पालकी उठाने लगे तो पालकी उठ नही सकी। आठ के जगह 16 कहार मिलकर पालकी उठाने लगे तभी पालकी जमीन नही छोड़ सकी। शेष सनातन जी की पालकी रूक गई। सभी ब्राम्हण करीन्दा एकत्रित हो सोच में पड़ गये कि क्या हुआ । तभी एक कहार सनातन जीके पैरों पर गिरकर रोते हुए सारी बात बतायी। शेष जी सभी कहानों को स्नान करने का आदेश देकर पालकी के पास आये जिसमे ब्रम्ह महाराज की आसन रखा गया था शेष जी हाथ जोड़ कर याचना किये कि हे देव ये सभी अज्ञानी है। इन्हे माफ करें तब दूबारे कहार पालकी उठाये तो पाकली हल्का हो उठ गई। कई दिन की यात्रा के बाद सभी लोग काशी में सनातन जी के आश्रम के दरवाजे पर पहूँचे। वहाँ पर काशी नरेश अपने कारीन्दे मंत्री राजा कनक शाही की पुत्री वो कनक गढ़ के पुरोहित के साथ उपस्थित थे। पालकी सनातन जी के दरवाजे पर रख दिया गया। ब्राम्हण मंत्रोचार करने लगे। मृदंग वो पखाज बजने लगी। कनक गढ़ के पुरोहित ने बाबा हरिराम ब्रम्ह की आसन पालकी से उतार कर शेष सनातन जी के आश्रम के बगल में पीपल वृक्ष के नीचे चबुतरे पर रख कर मिट्टी की पीड़ बनाकर पूजा किये राजा कनक शाही की पुत्री कल्याणी ने गंगा जल से पीड़ की जलाअभिषेक कर फुल-माला, वस्त्र चाढ कर पूजा की प्रसाद वितरण हुआ ,काशी नरेश्स द्वारा सभी ब्राम्हणों की दक्षिणा देकर विदा किया गया।

# 7

# तुलसी दास का काशी में आना

"मैं हरि पतितन्पावन सुने
जानि पहिचानी मैं विसारे हो कृपा निधान
ऐतो मान ठीक है उलटी देत खोरि हो"

काशी नगर में शेष सनातन महाज की निवास वो पाठशाला एक ही साथ बने हुये थे। शेष सनातन महाराज के यहाँ द्रवीड़ महाराष्ट्री वशीरही गौतमी शान्डील पुष्कारीया गुर्जर मैथिल कनौजीया सारस्वत ब्राम्हण शिष्य रहकर वेदा मंत्र, तंत्र ज्योतिष छाद व्याकारण निरुक्त योग- मिमांसा काव्य, नाटक अलकार विशैषिक तर्क मिमान्सा उपनिषद आदि का अध्ययन करते थे कुछ शिष्य तो काशी के अमीर घराने के ब्राम्हण लड़के थे जो नित्य अध्ययन के उपरान्त अपने-अपने गृह को चले जाते थे। तथा गुरू जी को दक्षिणा देकर पढ़ते थे। जो गरीब ब्राम्हण के पुत्र थे वे लोग आश्रम का कार्य करते हुए अध्ययन करते थे। शेष सनातन जी के यहाँ शिष्यों के रहने वो खाने-पीने की व्यवस्था बनी हुई थी। नरहरि दास शेष सनातन महाराजा के सहपाठी मित्र थे । अयोध्या से काशी आने में कई दिनों की यात्रा करने के बाद पहर भर रात्रि रहते ही नर हरिदास राम बोला के साथ शेष सनातन महाराज के आश्रम के दरवाजे पर पहूँचे । आश्रम की दरवाजा अन्दर से बन्द थी। आश्रम के अन्दर किसी के जागने की आहट न पाने के बाद नरहरिदास राम बोला का हाथ पड़क आश्रम के बगल में पीपल वृक्ष के चबुतरे पर आकर अपना झोला आसन रख कर बैठ गए रामबोला ने बाबाजी से पूछा कि यह कौन सी जगह है। नरहरि दास राम बोला कि माथे पर हाथ फेरते हुए बोले कि ये काशी नगरी है। जहाँ पर

बाबा विश्वनाथ भगवान वास करते है। ये जो सामने आश्रम है जिसका किवाड़ अभी बन्द है। ये मेरे गुरू भाई शेष सनातन महाराजा की आश्रम है। जब तुम शेष सनातन महाराजा से मिलना तो शष्टांग दण्डवत करना वो तुमको आशीर्वाद देगें।

राम बोला बाबाजी से कहा कि शेष सनातन जी यहाँ पर क्या करते है। नरहरि दास राम बोला को समझाते हुए बताये सनातन जी यहाँ पर ज्ञान बाँटते है। तुम जैसे अनेको लड़कों को वेद ज्योतिश का ज्ञान देकर ज्ञानी बनाते है।

राम बोला बाबाजी से पुनः प्रश्न किया कि बाबाजी शेष सनातन जी रामजी का दर्शन भी कराते है। नरहरि दास राम जी का दर्शन तो रामजी के कृपा से ही होती है। राम बोला कहा कि तो रामजी की कृपा कैसे होती है।

नरहरि दास कहे कि ये बात तो हरिराम जी जाने मैं कैसे बताऊ की उनकी कृपा कब तुम पर होगी। यात्रा की काफी थकान होने के कारण राम बोला की नींद आने लगी वो नरहरि दास के चरणों पर अपना सिर रखकर बात करते करते सो गया । नरहरि दास चबुतरा पर बैठे-बैठे आश्रम की दरवाजा खुलने की इन्तजार करने लगे। तभी हवाँ की एक झोका आयी जो पुरे पीपल के पेड़ के टहनियाँ को झकझोर दिया। हवा के झोके के साथ-साथ हवन की सुगन्ध बहने लगी। नरहरि दास की आँखे भी भारी होने लगी। उन्हे लगा कि ये पीपल के वृक्ष के नीचे इस चबुतरे पर किसी देव का स्थान है। तभी एक छायाकृत मनुष्य रूप में कुछ दूरी पर खड़ा दिखाई देने लगा। कमण्डल लिये हुए देह पर जनेऊ कमर में लंगोटी पहने हाथ में वह छाया नरहरि दास के तरफ देखती रही नरहरि दास अपना दोनो हाथ जोड़ कर उन्हें प्रणाम कर प्रार्थना करने लगे ।

हे नाथ हम हमारा बच्चा अज्ञानी है कोई भूल हुई हो तो हमे माफ करें। तभी खटाक की आवाजे के साथ आश्र की दरवाजा खुली । छाया लुप्त हो गई। शेष सनातन जी महाराज अपने कन्ध पर धोती रख हाथ में कमण्डल लिये गंगा स्नान हेतु आश्रम से बाहर निकले नरहरि दास जाग कर दरवाजे पर पहुँचे। शेष सनातन जी महाराज नरहरि दास को दूर से पहचान कर रूक कर बोले तुम कब पहुँचे नरहरि दास नरहरि दास मैं प्रहर भर रात्रि रहते ही यहाँ पहुँच कर उस चबुतरे पर विश्राम कर रहा था।

शेष सनातन जी तो तुमने मुझको जगाया क्यों नही। नरहरि दास मैं समझा की पहर भर के लिये बांधा डालना जरूरी नही है। इसलिए उस चबुतरे पर बैठकर आराम कर रहा था ।

नरहरि दास और शेष सनातन महाराज के बीच अभी बात चीत हो रही थी। तभी राम बोला आकर शेष सनातन जी महाराज के चरण में शष्टांग गिरकर प्रणाम

करने लगा। शेष सनातन जी महाराज नरहरि दास से पूछ बैठे कि ये बच्चा कौन है ?

**ऐसी हरि करत दास पर प्रिति,**
**नीज प्रभुता विसारी जन के वस- होता सदा यह रीति ।**
(विनय पत्रिका की पत्र सं0-98)

# 8

# पिता आत्मा राम माता तुलसी ताको नाम है तुलसी

यही राम बोला है नया नाम तुलसी है जिसके विषय में मैं बहुत पहले आप से मिलकर चर्चा किया था वही बच्चा है शेष सनातन जी अपने दोनो हाथों से आर्शीवाद देते हुए राम बोला को उठाये उसकी चेहरा देख प्रसन्न होकर कहने लगे कि मैं तो कहता हूँ कि ये होनहार बच्चा है। शेष सनातन जी दोनो को साथ लेकर आश्रम के अन्दर आये। आश्रम के अन्दर सभी लोग सो रहे थे राम बोला को बरामदे में सोने के लिये आदेश देकर शेष सनातन जी नरहरि दास के साथ गंगा स्नान करने के लिये चल दिये गंगा स्नान के बाद दोनो भगवान विश्वानाथ के दर्शन किये। रास्ते में नरहरि दास बताये कि मैं बराह क्षेत्र से अयोध्या चला गया था। अयोध्या में शाति नही है। दर्शनार्थी भी भय के कारण नहीं के बराबर आते है। मैं अजोध्या में कुछ दिन और रहना चाहता था। परन्तु स्थिति ठिक नही रहने के कारण राम बोला को मुडन करा कर आप के पास रखने हेतु लेकर आया हूँ। आप अपने पास उसे रख लेंगे तो मेरी आत्मका को शांति मिलेगी। आपके आज्ञा अनुसार जितना करना था उतना किया हूँ। आगे क्या करना है आपके कृपा से ही सम्भव है। मैं तो सन्यास धर्म ग्रहण कर लिया हूँ। मैं राम बोला को सन्यासी नही बनाना चाहता हूँ। वो अपने कुल का इकलौता सन्तान है। मेरी इच्छा है कि ज्ञान प्राप्ति के बाद आप उसका शादी ब्याह करा कर घर गृहस्ती में बस देगे तो

मैं समझुगा की मेरा जीवन सफल हो गया दुशरा मेरा प्रस्ताव यह है कि आप मेरा सहपाठी मित्र है मेरे विषय में आप और आप के पत्नि के अलावा और कोई कुछ नही जानता है इसलिए आपसे एक निवेदन है कि मैं जब तक जीवित हूँ तब तक आप दोनो रामबोला से कुछ न बतावे नरहरी दास हाथ जोड़ कर सनातन जी के पैर पर गीर पड़े शेष सनातन जी नरहरी दास को उठाते हुये बोले कि तुम जैसा चाहते हो वैसा ही करने की प्रयास करूगा बाकी भगवान विश्वनाथ जी कि इच्छा सभी तो अच्छा ही बनना चाहते है। परन्तु बनना वो विगडना तो भगवान विश्वानाथ जी के हाथ मे है बात चीत करते हुये दोनो मित्र आश्रम में पहुँच गये। सनातन जी के आदेशानुसार नरहरी दास के साथ ही रामबोला के रहने की प्रबंध आश्रम के एक कोठरी में विस्तरा लगा कर कर दिया गया।

शेष सनातन जी रामबोला की परिचय अन्य छात्रो से कराये राम बोला भी अपने मीठे स्वभाव के कारण छात्रो से घुल मिल गये। सनातन जी और नरहरी दास के बीच कई दिनो तक अनेको तरह की चर्चा चलती रही संध्या के समय भोजन करने के उपरान्त रात्री विश्राम करने हेतु कोठरी के फर्स पर चटाई डाल कर नरहरी दास लेट गये रामबोला नरहरी दास की पैर दबाते हुए बोले कि बाबा जी अब हमलोग यहाँ से और कहाँ जायेगें।

नरहरि दास रामबोला को समझाते हुए कहे कि तुम अब यही आश्रम में गुरु सेवा कार्य करके पढ़ना लिखना सीखों तो मैं कुछ दिनों के लिये अपने स्थान बराह क्षेत्र में चला जाऊँगा। जहाँ से हमदोनो आये है तु जब यहाँ रहेगा तो मैं तुझे मिलने आता रहूँगा तुम यही रहकर मनचीत एक का गुरु सेवा करते हुए अध्ययन करना ।

राम बोला ने रूठे स्वर में कहने लगा जब आप यहाँ नही रहेगें तो मेरा जी नही लगेगा मैं भी आपके साथ चलूँगा आप जहाँ रहेगें। मैं भी वहीं रहूँगा ।

नरहरि दास रामबोला को समझाते हुए कहे कि मैं सन्यासी हूँ तुम अभी छोटे हो यहाँ रहकर ज्ञान प्राप्त करने के बाद सन्यास धारण करोगे तो तुमको रामजी प्रसन्न होकर दर्शन देंगें तब राम बोला बाजा जी से बोला कि आप जाने बाद कितने दिनों के बाद पुनः मुझसे मिलने लौट कर आईयेगा। नरहरि दास ये तो रामजी जाने की हम दोनो की मिलन दुबारा कब करायेगें। यही बात कहने के बाद नहररि दास के आँखो से आँसु गिरने लगी। राम बोला ने बाजा जी का पैर दबाते हुए पुछा बाबा जी आपके शरीर में पिरा होने के कारण आपके आँख से आँसू निकल रहे है। मेरे शरीर में पीड़ा होने पर भी आँखो से आँसू नहीं निकलते। नरहरि दास नहीं राम बोला ये शरीर के पीड़ा के आँसू नही है। ये तो तुम्हारे और मेरे प्रेम के आँसू है जो

मन से पीघल कर आँखो के रास्ते अपने आप निकल रहे है। राम बोला नरहरि दास को संतुष्ट करने के उद्देश्य से कहने लगा कि ठीक है मैं यही पर रहकर अध्ययन करूँगा आप बराह क्षेत्र से मेरे लिये चना गुड़ लेकर जल्दी आईयेगा। गंगा राम बोल रहा था कि काशी में बहुत भूत रहते है। आश्रम के बाहर पीपल के नीचे प्रेत रहता है। नरहरि दास राम बोला को समझाते हुए कहे कि हनुमान जी की ध्यान करके राम नाम की जाप करने से सारे भूतप्रेत भाग जाते है। जब तुम्हें डर लगे तो हनुमान जी का समरण कर राम नाम की जाप करना। राम बोला कहने लगा कि मैं जब छोटा था तब मुझे जब भूत से डर लगती थी तो परवतीया माई मुझे नगा हो कर के सोने को कहती थी अब तुम भी भूत हो दूसरा भूत तुझे नही छुयेगा। तब हम नंगा होकर सो जाते थे। परबतीया भाई मुझसे यह भी कहती थी कि देखते नहीं हो साधु सन्यासी वस्त्र नही पहनते वो जंगल में अकेले रहते है तो भूत उनका कुछ नहीं बिगाड़ते । बातें करते-करते रात्रि काफी निकल गयी। दोनो एक ही बिस्तर पर सो गये। नरहरि बाबा भोर होते ही जाग गये सोते हुए राम बोला को जगाये अपना धोती कंधा पर रख कर एक हाथ में कमण्डल लेकर दूसरे हाथ से राम बोला का हाथ पकड़े गंगा स्नान करने चल दिये। गंगा किनारे नित्य क्रिया कर गंगा स्नान किये। नरहरि बाबा हाथ जोड़ कर माँ गंगा से प्रार्थना किये कि हे माँ गंगा आप संसार की माता है मैं अपने इस अबोध बालक के आपके सहारे छोड़ कर विदा हो रहा हूँ। माता आप इस अबोध बालक की जीवन के अंतिम दिनों तक अपने ममता के आँचल में सुख-शांति देती रहना। पुनः दोनो एक साथ स्नान किये। कमण्डल में गंगा जल लेकर भगवान विश्वनाथ का जलाभिषेक किये। बाबा नरहरि दास भगवान विश्वनाथ वो माता अन्नपूर्ण की प्रार्थना किये हे संसार के माता-पिता मैं आज एक अनाथ बच्चा को आपके शरण में छोड़े जा रहा हूँ। इस अनाथ पर आपकी कृपा सदा बनी रहे। पुनः दोनों शेष सनातन महाराज के पाठशाला में लौटते वक्त राम बोला ने कमण्डल में बचे हुए गंगा जल को पीपल वृक्ष के नीचे बने चबुतरे पर चढ़ा कर नरहरि दास के साथ पाठशाला में चले गये। शेष सनातन जी महाराज भी गंगा स्नान कर पूजा पर बैठे थे। नरहरि दास अपना आसन झोला लेकर विदा होने की अनुमति लेने हेतु शेष सनातन महाराज के पूजा से निवृत होने की इंतजार करने लगे। तभी शेष सनातन महाराज की पत्नी जिसे आश्रम के सभी लोग आई कहते थे हाथों में जलपाल लेकर नरहरि दास के पास रखते हुए बोली की आप जलपान कर ले राम बोला अन्य बच्चों के साथ में जलपान कर लेगा। नरहरि दास अपना दोनो हाथ जोड़ कर आई को प्रणाम करते हुए बोले अजोध्या जी मैं राम बोला की मुडन वो उपनयन संस्कार हुआ। मुडन के समय मेरे सन्यासी गुरु ने राम

बोला का नया नाम तुलसी दास रखे थे। राम बोला का दूसरा नाम तुलसी दास है। आई तुलसी दास नाम सुनकर बहुत प्रसन्न होकर कहने लगी कि मेरा अपना कोई सन्तान नही हुआ। परन्तु विश्वनाथ जी के कृपा से पाठशाला के सभी बच्चे मेरे अपने बच्चे के समान है। तुलसी दास आज से मेरा अपना बच्चा है आप तुसली दास के चिन्ता से मुक्त होकर अपने स्थान के लिये प्रस्थान किजिये। तभी शेष सनातन जी पूजापाठ से निवृत होकर पाठशाला के दरवाजे पर आकड खड़े हो गये। नरहरि दास शेष सनातन जी का अपने बाँहो में पकड़ भाव विभोरे होकर चलने की आज्ञा मागने लगे तभी तुलसी दास बाबा नरहरि दास के चरणों में गिर कर चरण पकड़ कर रूदन करने लगे। नरहरि बाबा भी अपने प्रेम-भाव को छुपा नही पाये । उनके आँखों में आँसू भर आये। जैसे एक पिता अपने पुत्र से हमेशा के लिये विदा होता है वैसा ही दृश्य उत्पन्न हो गया। तुलसी दास बाबा नरहरि दास का पैर छोड़ नही रहे थे जैसे एक पुत्र अपने पिता को पहली बार प्रेमवश नही छोड़ता है आई और शेष सनातन जी के काफी प्रयास के बाद तुलसी दास नरहरि दास के पैर छोड़े। नरहरि दास अपने आँखा के आँसू अपने धोती के कौने से साफ करते हुए अपने स्थान बाराह क्षेत्र जाने के लिये चल पड़े। तुलसी दास को आई अपने साथ रख कर वत्सल्य प्रेम छाया में बहलाती रही। परन्तु तुलसी दास कुछ दिनों तक पिता रूप नरहरि दास के वियोग में पुत्र की तरह छटपटाते रहे।

# 9

# तुलसी दास से हरिराम प्रेत से भेट होना

जिस समय तुलसीदाद शेष सनातन जी के पाठशाला में रहते थे उस समय अनेको लड़के पाठशाला में रहकर अध्ययन करते थे जिसमें गंगाराम, नन्द दास रविदत्त वटेशवर, हरि, केशव, तुसली दास के प्रिय मित्र थे । कुछ दिनों के बाद शेष सनातन महाराज के घर के उपर बनी हुई एक छोटी सी कोठरी तुलसीदास के रहने के लिये दे दिया गया था तुलसी दास को एकान्त में रहना काफी पसन्द था। कोठरी की छत के उपर से पीपल की टहनी लटकी हुई थी तुसली प्रसन्न हो पूरा दिन उस कोठरी की साफ-सफाई किये अपना आसन विस्तर पटरी भठा की दवात कलम पोथी कोठरी में रख कर सजाते रहे। तुलसी पहर भर रात्रि बितने के बाद गुरु सेवा से निवृत हो भोजन कर हाथ में दिया लेकर अपने कोठरी में जाने के लिये सीढ़ीयों से चढ़ कर छत पर पहूंचे की तभी उपरी मंजिल के छत से किसी के पीपल के पेड़ पर कुदने की आवाज के साथ ही बहुत जोर से हवा की झोंका कोठरी की दरवाजे से ऐसी टकरायी की दरवाजा धड़ाम की आवाज के साथ बन्द हो गयी। तुलसी दास को लगा कि कोई व्यक्ति कोठरी की दरवाजा अन्दर से बन्द कर दिया है। तुलसी दास एक हाथ में दिया लेकर दूसरे हाथ से दरवाजा खोलते हुए बजरंग बली जय बजरंग बली कोठरी के अन्दर पहुँच कर जल्दी से दरवाजा बन्द कर दिवाल के सहारे पीठ करके भय के कारण कॉपते हुढ बजरंग बली को गुहराने लगे। मन शांत होने पर दरवाजा खोल कर बाहर चारों तरफ देखे कुछ दिखाई नही पड़ी। हवा भी शांत हो गई थी। वापस कोठरी में आकर देखे देबरी जल रही थी कोठरी के दरवाजा को बन्द कर अपने बिस्तर पर लेट कर सोचने लगे। इतना जोर की हवा चलने पर भी बजरंग बली की

कृपा से ढेबरी नहीं बुझी । बजरंग बली जब नाम सुनावे भूत पिचास निकट नही आवे। तुलसी दास सोचते हुए सो गये सुबह तुलसी दास वो गंगा दास पाठशाला के दरवाजे पर झाडु लगा रहे थे तो तुलसी गंगा दास से रात्रि की घटना को बताये गंगा दास कहने लगा कि वही पीपल वाला छत होगा। तुमको देखते ही पीपल पर से क्षत पर कुद गया पर बैठा होगा। पीपल वाले को बहुत लोग देखे है लोग कहते हैं कि पीपल वाला सन्यासी भूत है गुरु जी के आदेश से यहाँ रहता है। आज तक किसी का कुछ नुकसान नही किया है। मामा जी यानि गुरू पत्नी की भाई बता रहे थे कि संसार के भुत अमावशया के रात्रि में हरिचन्द्र घाट पर एकत्रित होते है। साढ़, बन्दर, सर्प पक्षी अनेकों रूप धारण कर काशी में विचराण करते रहते है। समय आने पर पुनः अपने-अपने स्थान को चले जाते हैं। काशी में बहुत से बन्दर साड़ घुमते हुए नजर आते हैं। परन्तु उन्हे मरते हुए कोई नही देखा है। इन्हें दफनाते हुए किसी को कोई नही देखा है। ये मरते है या लुप्त होते है कोई नही जानता मैं सुना हूँ कि भूत बाँधने वाले साधु कपाली सन्यासी हरिश्चन्द घाट पर मंत्र जागरण करते है। तुसली दास कहने लगे कि रामजी के कृपा से मैं भी भूत भगाने का मंत्र जानता हूँ। दोनो की बात सुनकर पाठशाला के अन्य छात्र भी एकत्रित हो गये। तुलसी दास का भूत भगाने वाला मंत्र सुनकर हंसने लगे। पुरे पाठशाला में तुलसी दास का भूत भगाने वाला मंत्र वो भूत के दर्शन होने की चर्चा होने लगी। कुछ छात्र मंत्र जय हनुमान कहकर तुलसी दास को चिढ़ाने लगे। दूसरे दिन तुलसी दास अपने कोठरी के दरवाजे पर पहुँचे तो उन्हें लगा कि कोई व्यक्ति चादर ओढ़ कर उनके विस्तर पर सो रहा है तुलसी दास जैसे ही दिया अपने हाथ में कोठरी में रखे तभी जोर से एक हवा खिड़की से होकर पीपल के तरफ चली गई। विस्तर पर कोई नही था। तुलसी दास अपने मन की भ्रम जान कर बिस्तर पर लेट कर रामजी की गुहार लगाते लगाते सो गये। सुबह अभी सोये हुए थे तभी किसी व्यक्ति द्वारा कोठरी के बाहर से दो तीन बार तुलसी दास नाम लेकर पुकारने की आवाज सुनाई पड़ी। तुलसी दास बिस्तर से उठ कर दरवाजा खोले। दरवाजे पर कोई नही था। अगल-बगल चारों तरफ देखे कोई दिखाई नही दिया । तब पीपल के चबुतरा पर देखे तो एक बन्दर दिखाई दिया जो तुलसी दास को देख रहा था । दिन काफी निकल गई थी तुलसी दस किवाड बन्द कर नीचे आये ऐसी घटना तुलसी दास के साथ बार-बार होने लगी। जब तुलसी दास पीपल के चबूतरे पर देखते तो कभी अकेला बन्दर कभी सांड कभी कोई सन्यासी बैठा हुआ दिखाई देता था। एक दिन तुलसी दास अपने गुरू पत्नी के साथ रसोई घर में बैठ कर सब्जी छाँट रहे थे तभी आईने सनेहपूर्वक तुलसी से नेक छेम पुछने लगी । तुलसी ने अपनी साथ घटित सभी घटना को

अपने आई से बताये। आई ने कही की पीपल वृक्ष में सभी देवताओं की निवास होता है। पीपल वृक्ष के जड़ में रोज सुबह जल डालने से सभी ग्रह शांत होते है। ऐसे में तुम्हारे गुरु पद जी से सुनी है। रोजाना तुम सुबह गंगा स्नान कर पीपल के नीचे जल चढ़ाओगे तो तुम्हारा भी सारा रोग ब्रयाध दूर हो जायेगें आई की बात जान कर तुलसी दास प्रत्येक दिन गंगा स्नान के बाद पीपल वृक्ष के जड़ में जल देने लगे। कई एक माह बीतने के बाद शेष सनातन जी महाराज किसी राजा के बुलावा पर राज दरबार में राजा से मिलने चले गये थे । पाठशाला के छात्र मामाजी के साथ ब्रम्ह भोज में गये थे। आई और तुलसी दास पाठशाला में थे। आई घर के अन्दर काम कर रही थी । तुलसी दास शाम के समय झाड़ू लगा कर सफाई कार्य कर रहे थे। पिपल के चबूतरे पर झाड़ू लगाने के बाद झाड़ू रख कर पीपल के चबूतरे पर मन मार कर अकेले बैठकर राम जी का नाम जप कर रहे थे, संध्या हो चुकी थी तभी तुलसी दास के सामने एक आदमी की छाया दिखाई दिया जो धीरे-धीरे विशाल पीपड़ पेड़ से भी उचाँ लाल रूप में खड़ा हो गया। उस छाया के शरीर से तेज प्रकाश निकल रही थी। तुलसी दास जय बजरंग बली कह कर छाया रूपी शरीर के चरणों में शिष्टांग कर कहने लगे की हे प्रभु मेरी गलती माफ करो प्रभु मुझे रामजी की दर्शन करा दो प्रभु तभी तुलसी दास के कानों में एक आवाज गुजने लगी। ऐ तुलसी मैं बजरंग बली नही हूँ मैं हरिराम ब्रम्ह हूँ। तुझे हनुमान जी से दर्शन होगी। संकट मोचन मंदिर में प्रत्येक दिन सतसंग वो रामजी की कथा होती है मैं भी कथा सुनने वहाँ जाता हूँ। बजरंग बली भी रूप बदल कर कथा सुनने वहाँ आते है और भी देवता रूप बदलकर वहाँ आते है मैं तुझे वचन देता हूँ कि जब तुम सतसंग में आओगें तो मैं तुमको हनुमान जी का पहचान करा दूँगा आवाज शांत होते ही छाया लुप्त हो गई। तुलसी दास अचेत अवस्था में कुछ देर वहीं धरती पर पड़े रहे। चेत होने पर उठ कर बैठ गये और भाव विभरे हो सोचने लगे। तभी आई द्‌वारा तुलसी-तुलसी बुलाने की आवाज तुलसी दास के कानों में पड़ी तुलसी दास चबूतरे से उठ कर पाठशाला के अन्दर आई के पास चले गये । तुलसी दास को रात्रि में नींद नही आई। रात्रि में सोचते रहे, हनुमान जी संकट मोचन मे सतसंग सुनने आते है उनसे भेंट कैसे होगी वगैर गुरु के आदेश से संतसंग में कैसे जाऊँ गुरुजी राज दरबार से कब लौटेगे कभी हरिराम ब्रम्ह की दर्शन तो कभी उनके द्‌वारा दिये गये वचन को याद करते सुबह हो गयी तुलसी दास अपने कंधा पर धोती रख हाथ में कमण्डल लेकर गंगा स्नान के लिये चल दिये। गंगा स्नान कर कमण्डल में जल लेकर पीपल के चबूतरा पर ब्रम्ह को स्मरण कर मन चेतना को एक कर हरिराम ब्रम्ह की स्तुति करने लगे हे संत सन्यासी संसार के कल्याण करने वाले मैं जन्म से आभागा हूँ अज्ञानी हूँ मेरा

जीवन अन्धकार मय है। हे प्रभु आप तेज पूज्य है, कल्याण कारी है, मेरे अन्धकार पूर्ण जीवन में प्रकाश बन कर अन्धकार को दूर कीजिये मुझे कुछ भी दिखाई नही दे रहा है मैं आगे का रास्ता आपके हाथों में सौंपता हूँ। आप मेरा कल्याण करे। जल देने के बाद तुलसी दास हाथ में कमण्डल लेकर पाठशाला में आकर नित्य का पाठ करने लगे तभी बटेसर जो तुलसी दास से उम्र में बड़ा था अपने आसन पर बैठे-बैठे अन्य छात्रों से तुलसी दास की परिहास करते हुए कहने लगा कि तुलसीया अब भूत पूजता है । कपाली गुरू करेगा भूत जगाने हरिचन्द्र घाट जायेगा मैं तो कई वर्ष पहले से भूत विधा जानता हूँ भूत विधा का मारण मंत्र जगा लिया हूँ। मैं जब चाहूं तुलसीया जैसे लड़को को भूतों से मरवा सकता हूँ। तुलसी दास अपने नित्य पूजा से निवृत हो अपने आसन पर बैठे-बैठे कहने लगे। मैं किसी भूत को नही पूजता हूँ। मूर्ख लोग भूत पूजते हैं ।

परि हरिराम भगति सुर सरिता
आस करत ओस कन की
कहे लो कहाँ कुचाल कृपा निधि
जनता है गति जन की तुलसी
दास प्रभु हरहु दुख
करहु लाज नीज पन की
(विनय पत्रिका पद सं0-90 )

**तुलसी परिहरि हरि हरहि**
**पॉवर पूजहि भूत ।**

तुलसी द्वारा यह कहने पर की मुर्ख पावर लोग भूत पूजते है बटेशर अपने आप में कोधीत होकर कहने लगा तुम मुझ को मुर्ख पावर समझता है। अभी तुझे बताता हूँ, खड़ा होकर कोध में तम तमाता हुआ तुलसी दास को मारने हेतु जैसे आगे बढ़ा तभी पूजा पात्र रखे लकड़ी के चौकी से जा टकराया और मुंह के बल गिर पड़ा। नाक से खुन गिरने लगी। अन्य बच्चे शोर मचाते हुए बटेशर को उठाये तभी अन्दर से मामा जी गुरु पत्नी दौड़ कर आयी तुलसी दास हतप्रद हो चुप चाप अपने आसन पर बैठे रहे। आई बटेशर की दवा पट्टी करके लड़कों को साथ लगाकर उसके घर पहुँचवा दिया पाठशाला के अन्य छात्र कहने लगे कि आज पीपल वाला भूत ने तुलसी को बचा लिया नही तो बटेशर आज तुसली को नही छोड़ता। कुछ दिन बितने के बाद शेष सनातन जी महाराज पाठशाला में वापस लौट कर नीम पेड़ के नीचे अपने आसन पर बैठ कर वेद पढ़ा रहे थे तभी तुलसी दास गुरु पद के चरणों में बैठ कर क्षमा याचना करने के बाद अपने साथ घटित सभी घटना तथा हरिराम

ब्रम्ह की प्रत्यक्ष रूप से दर्शन वो आर्शीवाद प्राप्त होने की बात गुरू पद को बताये दूरदर्शी गुरू सनातन जी तुलसी दास को अपने नजदीक बैठा कर हरिराम ब्रम्ह की जन्म, शरीर त्यागने राजा कनक साही का बिध्वंश करने तथा ब्रम्ह महाराज को काशी आने स्थान देने की कथा तुलसी दास को बताने के बाद ब्रम्ह जोनी पिशाच जोनी भूत जोनी के उत्पति उनके अन्त और जीवन यापन के विषय में बताने लगे कि जब कोई जीव अकाल मृत्यु को प्राप्त होता है तो वह प्रेत जोनी ब्रम्ह जोनी पिचाश जोनी भूत जोनी को प्राप्त करता है, जब कोई ब्राम्हण योगी अपने हठ योग से शरीर त्याग करते है वह ब्रम्ह जोनी को प्राप्त करते है। जब कोई व्यक्ति दुर्घटना से मरता है वह प्रेत जोनी को प्राप्त करते है जब कोई मंत्र तंत्र से मरता है वह भूत योनी को प्राप्त होता है। जिस तरह से धरती पर चारों वर्ण के मनुष्य मिल कर रहते है वैसे ही ये भी आपस में मिलकर रहते है जब कोई ब्राम्हण ब्रम्ह क्रिया को जानते हुए भी हठ योग की क्रिया करते हुए ब्रम्ह का उच्चारण करता हुआ निर्गुण ब्रम्ह का चिन्तन करता हुआ शरीर त्याग करता है परन्तु किसी दोष वश परमात्मा को प्राप्त नही कर पाता है वह ब्रम्ह योनी को प्राप्त करता है जो ब्रम्हा काल में ब्रम्हा के सूक्ष्म शरीर प्राप्त कर लेने पर संसार के सभी भूतों के नष्ट होने पर भी ब्रम्ह के सूक्ष्म शरीर का नष्ट नही होता है परन्तु संसार के सभी चराचर जीव के तरह ही सभी भूत, प्रेत ब्रम्ह, परमात्मा के अन्तर्गत होते है। इसलिये तपस्वी संन्यासी ज्ञानी भूत परमात्मा को पाने के लिये आतुर रहते है। ब्रम्ह भूत परमात्मा को तत्व रूप में जानकर परमात्मा को प्राप्त होते है या देव कृपा प्राप्त कर देवता या देवी कृपा से पनुः पीड धारण कर कर्मफल के अनुसार गति पाते है। संसार का एक चक्र है जिसे संसार चक्र कहते है च्रक के अनुसार पृथ्वी अपने चक में घुमती है। चन्द्रमा अपने चक्र में घुमता है जल अपने चक्र मे सभी ग्रह नक्षत्र अपने-अपने चक में घुमते है उसी प्रकार जीव भी अपने चक में घुमते हैं उसी चक्र के अनुसार जीव घुमता रहता है जिसकी धुरी परमात्मा की प्राप्ती है। जीव के चक्र में चौरसी कोठी की तीली है जीव उस चक्र के बीच घुमता रहता है जीव का परमात्मा से मिलन कब और कहाँ होगी ये मिलन परमात्मा पर निर्भर है।

तुलसीदास अपने गुरु पद सनातन जी से हाथ जोड़ कर कहे कि हे प्रभु मुझे एक बात समझ नही आ रही है कि बगैर शरीर के हरिराम ब्रम्हजी तपस्या कैसे करते है ।

सनातन जी तुलसी दास को समझाते हुए कहने लगे कि ये सुक्ष्म ज्ञान है इसे जानने के लिये तुम्हें तत्व ज्ञान से ब्रम्ह को जानना पड़ेगा तत्व ज्ञान प्राप्त करने से पहले तुमको ये जाना होगा कि तुम कौन हो ? तुमको उत्पन्न करने वाला

कौन है ? तुम किस कार्य के लिये उत्पन्न हुए हो ? उक्त बातें जानने के बाद तुम समझ सकोगे कि कार्य कौन करता है शरीर या मन। शरीर क्या है ? जीव क्या है ? चेतन क्या है मन क्या ? प्रालब्ध क्या है ? ये सब जानने के बाद ही तुम समझ सकोगे कि जीव चेतन मन प्रालब्ध ये चारो के मिलने से ही सूक्ष्म शरीर का निर्माण होता है। जैसे शरीर को चार वर्णों में बांटा गया है। ब्राम्हण क्षत्रिय वैश्य शुद्ध ये चारो वर्ण सभी के शरीर में होते है वैसे ही सूक्ष्म शरीर को चार वर्ण में बांटा गया है जीव, चेतन, मन, प्रालब्ध ये चारों सभी सूक्ष्म शरीर में होते है तभी सूक्ष्म शरीर बनता है। पीड़ यानी शरीर को जब जीव छोड़ता है तो जीव के साथ ही चेतना मन प्रालब्ध भी शरीर को छोड़ देते है जीव जब पुनः शरीर धारण करता है वही चेतन मन प्रालब्ध पुनः एक साथ हो जाते है। जब जीव शरीर को त्यागता है तभी वह सूक्ष्म रूप धारण कर लेते है वगैर शरीर (पीड़) का भी सूक्ष्म शरीर से चेतन मन प्रालब्ध कार्य करते रहता है। चेतन अपना काम करता है। मन अपना कार्य करता है। प्रालब्ध अपना कार्य करता है। मन से ही प्रालब्ध बनता है जिसका भोग शरीर करता है। सूक्ष्म शरीर में सभी कार्य मन करता है। इसलिये संसार में सबसे श्रेष्ठ कर्म फल मन का है। इसलिये पूजा तपस्या में सबसे श्रेष्ठ पूजा मानसिक पूजा है मानसिक तपस्या श्रेष्ठ है। हरिराम ब्रम्ह जी महाराज सूक्ष्म शरीर से मानसिक पूजा मानसिंक तपस्या करते है। हरिराम ब्रम्ह जी महाराज सूक्ष्म शरीर से मानसिक पूजा मानसिक तपस्या करते है।

तुलसी दास अपने गुरु शेष सनातन महाराज से कहने लगे कि हे प्रभु मुझको एक और बात समझ में नही आ रहा कि हरिराम ब्रम्ह जी महाराज सभी विधा के ज्ञानी थे वो तत्व ज्ञान से ब्रम्ह को भी जानते थे। योग विधा में सबसे कठिन हठ योग को भी जानते थे सन्यास धारण कर बगैर अन्न की जीवन यापन करते थे तो फिर प्रेत योनी को कैसे प्राप्त हो गये । शेष सनातन जी महाराज हंसते हुए कहे कि हे पुत्र यह बहुत ही गुढ प्रश्न तुमने किया है। इसे जानना ज्ञानियों के लिये जरूरी है। तुम्हारा प्रश्न उचित है। संक्षेप में मैं तुझे समझाने की प्रयास करता हूँ। सुनो समय आने पर जब तुम पुराण की अध्ययन करोगें तो अनेको कथा गौ हरण की मिलेगी जिसमें भगवान परशुराम के पिता जगदली ऋषि की गाय शहस्त्रा बाहु ने हरण किया वो घटना पूर्व के प्रालब्ध से घटित हुई थी। जब भगवान विष्णु भृगु ऋषि की पत्नी सुकाचार्य की माता की सर काट दिये थे तभी भगवान विष्णु को भृगु ऋषि ने श्राप देकर कहे थे कि अगले जन्म में तुम मानव रूप में अपने माँ का सर स्वयं काटोगें तभी तुम्हारा प्राश्चित होगी । भगवान स्वयं अवतरित हुये जो परशुरामा अवतार कहा जाता है। अपने माता की सर काट कर प्राशचित किये। गुरु

विश्वमित्र भी गुरु वशिष्ठ जी के गाय का हरण किये घटना घटित हुई। जब तक विश्वामित्र जी अहंकार भाव में थे तब तक अपनी शक्ति का प्रयोग करते रहे। फिर भी वशिष्ठ जी ब्रम्हभाव में रहकर कोई विरोध विश्वामित्र जी का नही किये उसी तरह हरिराम दूबे सभी विधा मे उत्कृष्ठ थे। उनके संन्यास धर्म पूर्ण होने वाला था तभी राजा द्वारा हरिराम दूबे की सन्यास धर्म को भंग किया गया जिससे हरिराम दूबे अहंग भाव को प्राप्त कर लिये जब जीव शरीर त्याग करती है तो तप की सारी शक्ति जीव के साथ संग्रहित रहती है जिससे जीव ताकतवर हो जाती है तप की संग्रह शक्ति को जब जीव अहग भाव में लेकर असत्य कर्म के तरफ मुड़ जाता है तो वह अधर्म करने लगता है। वहीं जीव पापात्मा प्रेत रूप धारण कर लेती हैं। हरिराम दूबे की जीवात्मा अहंग भाव को प्राप्त कर ली जिसे सुधारने के लिये हरिराम की आत्मा भगवान विश्वनाथ जी की शरण में आकर तपस्या पूर्णकर देव योनी को प्राप्त कर लिया है जो अब कल्याणकारी है जिनकी छाया तुम्हारे साथ रहती मैं आर्शीवाद देता हूँ कि उनकी छाया तुम पर बनी रहे।

**केशव कहि न जाई का कहये**
**देख तब रचना विचित्रा हरि**
**समुझी मनही मन रहिये ।।**
(विनय पत्रिका पद सं0-111)

# 10

# हरिराम ब्रम्ह का काशी से अपने स्थान पर लौटना

अमावशया तिथि के दिन सुबह में ही शेष सनातन जी महाराज के आदेश से पीपल वृक्ष के चबूतरे को पाठशाला के सभी छात्र मिलकर साफ-सफाई कर गोबर वो मिट्टी से लिप पोत कर ठीक-ठाक कर दिये। 8 बजे सुबह में दो एक्का गाड़ी पाठशाला के सामने आकर रुकी। एक्के से एक सेठ जी और उनका परिवार उतर कर पाठशाला में आकर सनातन महाराज के चरणों में शष्टांग प्रणाम किये। एक्का पर लदे हुए सामान को पाठशाला में लाकर रखा गया। शेष जी महाराज सेठ जी का परिचय छात्रों से कराते हुए बताये कि सेठ जी की मन्नत पूरी हुई है जिसके उपलक्ष्य में सेठ जी की तरफ से कथा जेवनार वो ब्राम्हण भोज की व्यवस्था किया है।

**जाकि रही भावना जैसी हरि मुरत देखी**
**तीन तैसी**

दिन में चबूतरे पर शेष सनातन जी महाराज ने सत्यनारायण भगवान की कथा सुनाई एक बड़े मिट्टी के बर्तन में जेवनार बनाया गया। फिर ग्यारह ब्राम्हण मिलकर हवन किये। फिर ब्राम्हण भोजन हुआ । सभी ब्राम्हणों वो पाठशाला के सभी छात्रों को सेठजी अपने हाथ से अंग वस्त्र दक्षिणा में दान दिये। शाम के समय सेठजी अपने परिवार वो अपने आदमीजन के साथ वापस लौटे गये ।

नित्य की तरह संध्या के समय तुलसी दास शेष सनातन महाराज से आज्ञा प्राप्त कर संकट मोचन मन्दिर में सतसंग सुनने चले गये। कथा सुनते वक्त तुलसी दास का मन उचटने लगा। कथा सुनते वक्त मन कहीं और चला जाता था जबकि भावना कही और बहने लगती। चेतना चीत में नही बैठ सकी। कथा समाप्त होते ही तुलसी दास ने प्रसाद लिया। असंतोष लिये पाठशाला की तरफ लौटने लगे। पाठशाला के पास पीपल वृक्ष के चबूतरे पर आये तो देखे कि एक सन्यासी चबूतरे पर बैठे है। तुलसी दास सन्यासी के नजदीक जाकर दण्डवत प्रणाम कर कहने लगे। आज आप कथा सुनने क्यों नही गये ? मैं आपको चारों तफर नजर दौड़ा कर देखा आप कथा में नजर नही आये। सन्यासी तुलसी दास को बताने लगा कि अब मैं कथा सुनने नही जाऊगाँ आज मैं काशी से अपने स्थान को जा रहा हूँ। तुलसी दास सन्यासी से पूछने लगे। आप का स्थान कहाँ है ? आप काशी क्यों छोड़ रहे है ? आप किस सम्प्रदाय के सन्यासी है ? सन्यासी तुलसी दास को बताने लगा मैं पूर्व में देवी का उपासक था। फिर देवी का आदेश हुआ कि हे भक्त मैं स्वयं परम पुरुष परमात्मा को भजती हूँ। वही मेरे हृदय में वास करते है। परम पुरुष भगवान विश्वनाथ रूप में काशी में वास करते है। मैं भी काशी में उनके साथ रहती हूँ। तुम भी काशी में रहकर भगवान विश्वानाथ की भक्ति करों तुम्हारा कल्याण होगा । मैं अभी काशी आने का विचार मंथन कर रहा था तभी एक राजा के अत्याचार वो जिद के कारण अपने तपोबल से अपना शरीर त्याग दिया। शरीर त्याग के बाद मैं अहंग भाव के कारण प्रेताशीक पैशाचीक शक्तियों को प्राप्त कर प्रतिशोध की भावना से विनाश कार्य करने लगा । पुनः देवी के आदेश पर ब्राम्हणों द्वारा आग्रह करने पर मैं अपना स्थान छोड़ काशी चला आया। काशी मे 12 वर्षो तक सन्यास धारण कर अनेक रूपों में रह कर भगवान विश्वनाथ की भक्ति करता रहा हूँ। भगवान विश्वनाथ की कृपा से अब मेरी प्रेताशीक पैशाचीक शक्तियाँ समाप्त हो गई है। अब मैं देवत्व योनी को प्राप्त कर लिया हूँ। अब मैं कोई भी शरीर धारण कर किसी भी क्षेत्र में जा सकता हूँ। माँ आदि शक्ति ने सारण क्षेत्र के अत्याचारी राजा मदन पाल सिंह का विनाश कर काशी आ गई है। उस क्षेत्र में प्रेताशीक पैसाचीक शक्तियों का प्रभाव काफी बढ़ जाने के कारण आम जन की कष्ट बढ़ गयी हैं। माता प्रेताशीक शक्तियों का दमन करना चाहती हैं। इस उद्देश्य से माता का आदेश है कि मैं अपने स्थान पर जाकर प्रेताशीक शक्तियों का दमन कर भक्तों का कल्याण करूँ। इन्ही कारणों से मैं काशी से अपने स्थान के लिये जा रहा हूँ।

भारत वर्ष के पूण्य क्षेत्र सारणप्रदेश नारायणी नदी वो सरजु नदी के मध्य भाग झरही नदी के तट पर कनक गढ़ में मेरा स्थान है। तुलसी दास कहने लगे हे

संन्यासी महाराज बैदेहीक होते हुए भी आपका अपना स्थान है। मैं तो जनमजात अभागा हूँ। मेरा तो कोई स्थान नही हैं। जन्म से ही अभाव में अनेक दुख झेलते हुए दूसरो के आश्रय पर जीवन जी रहा हूँ। हे प्रभु आप पर भगवान विश्वानाथ वो माता जी की कृपा है। आप दूरदर्शी है आप सब कुछ बता सकते है । कृपा कर मेरा भी कल्याण करने के उद्देश्य से मेरा स्थान कहाँ है ? बताने की कृपा करें। सन्यासी कुछ देर मौन भाव में होकर कहने लगा कि मैं तुम्हारा भूत भविष्य सब बता सकता हूँ। परन्तु मुझे ये सब बताने का आदेश भगवान विश्वनाथ जी से प्राप्त नही है। तुम्हारा जन्म रामजी की कृपा से पूर्व नियोजित है।

तुम्हारा स्थान भगवान विश्वनाथ वो माता जी के चरणों में है। कुछ समय तुम अपने जन्म स्थान पर जाकर गृहस्थ आश्रम धारण कर पुनः सन्यास धारण करोगे सन्यास धारण के बाद तीथटन के वक्त पुनः मुझसे तुम्हारी भेंट होगी। अंत में काशी में ही भक्ति मार्ग से मोक्ष प्राप्त करोगे। भगवान विश्वनाथ जी माता अन्नपूर्णा भक्त राज हनुमान जी वो रामजी माता सीता जी की विशेष कृपा तुम पर बनी रहेगी। अब हमारा तुम्हारा मिलन चेतन भाव से होता रहेगा। मन भाव से अविश्वास करना विश्वास करना तुम्हारा कार्य है। जिससे भावना बनती बिगड़ती है। जीव अपने भावना का फल प्राप्त करता है। अब मैं विदा होता हूँ। तभी बहुत जोर की हवा आँधी रूप में उत्पन्न हुई। लगा कि पीपल उखड़ कर आँधी में हवा के साथ जा रहा है। जिस पर सन्यासी आसीन हो चले जा रहे है।

तुलसी दास अचेत अवस्था में पहुँच गये। उन्हें न तो पीपल के पेड़ दिखाई दे रहा था और न ही सन्यासी चारों तरफ अंधेरा ही अंधेरा छाया हुआ था कुछ देर बाद जब तुलसी दास की चेतना लौटी वे अपने पाठशाला में थे। उन्हे कुछ भी याद नही था । काशी में रहते हुए तुलसी दास युवा अवस्था में पहुँच गये थे । तुलसी दास की ख्याति ज्योतिष गायन पंड़ित कला में काफी चर्चा में थी। शेष सनातन जी महाराज का अपना कोई औलाद नही होने के कारण आई तथा मामा जी तुलसी दास के शादी ब्याह करने के लिये तैयारी में लगे हुए थे। आई लड़की वालों से बात भी कर चुकी थी। गुरू पद शेष जी भी अपनी सहमति अपनी पत्नी को दे चुके थे। दो पहर में शेष सनातन जी अपने छात्रा को वेद का अध्यन करा रहे थे तुलसी भी अन्य छात्रों के साथ बैठकर वहीं अध्ययन कर रहे थे तभी सुचना मिली की नरहरि दास शरीर त्याग कर बैकुंठ वासी हो गये है। तुलसी दास भाव विभोर हो रोने लगे । शेष जी अन्य लड़कों को जाने के लिय कह कर वही बैठे हुए तुलसी दास को समझाने लगे कि जीवन मृत्यु तो परमात्मा के हाथ में है। हानि-लाभ जीवन मरण जस अपजस विधि हाथ तुलसी दास कि रूधे हुए आवाज में अपने गुरु पद सनातन

जी महाराज से कहने लगे एक वही थे जो जानते थे कि मैं कौन हूँ? कहा जन्मा हूँ ? मेरे माता-पिता कौन थे अब वो भी जानने की आश समाप्त हो गई। शेष सनातन जी महाराज कहने लगे तुलसी तुम मन छोटा मत करो नरहरि दास मेरे मित्र थे। उन्होंने तुम्हारे विषय में मुझसे सब कुछ बता दिया है। शेष जी तुलसी दास को नरहरि दास द्वारा बताई गई सभी बातें बताने लगे कि तुम्हारा जन्म किसी गाँव किस गोत्र में हुआ। फिर मूल नक्षत्र की बात बताये पिता कौन थे। माता कौन थी नरहरि दास कौन थे ? तुलसी दूबे कौन थे ? हुलसी कौन थी ? सभी बात बताने के बाद शेष सनातन जी महाराज नरहरि दास को याद कर भाव विभोर हो गये। तुलसी दास वाराह क्षेत्र जाने के लिये शेष सनातन जी से आज्ञा प्राप्त कर कुछ धन इक्ठा कर काशी से बाराह क्षेत्र के लिये चले गये।

# 11

# हरिराम ब्रह्म को क्षेत्र का कोतवाल नियुक्त होना

कनक गढ़ राज्य में शांति होने के बाद काशी नरेश के द्वारा पुनः कनक गढ़ राज्य में नये राज्य की स्थापना किया गया राजा की पुत्री कल्याणी देवी थी नये पुर का नाम कल्याणीपुर रखा गया जो झरही नदी के किनारे पर थी। परन्तु वहाँ पर रात्रि में बाघ हमला कर कई लोगों को मार दिया तब पुनः नये पुर की स्थापना कल्याणी ने दाहा नदी पर किया दाहा नदी के पार की भूखण्ड मदन पुर गढ की थी जो राजा महनपाल सिंह की कुल नाश होने के बाद खाली या कल्याणी मदन पुर राज को अपने राज्य में मिलाने के लिये नयेपुर की स्थापना करा रही थी तभी देवी की बाघ जिसे देवी मदन पाल सिहं की विनाश करते समय अपने बाँध को मदन पुर जंगल के पास मदनपुर गढ़ में छोड़ कर चली आई थी बाघ राजा मदन पाल सिंह के पुत्र वो पुत्री की बध करने के बाद देवी को ढुढते हुये मदन पाल सिंह के राज्य में घुमता रहता था कभी घार कभी बड़ी छावनी कभी घोड़ा घाट तो कभी छतरपुर कभी लक्षवार कभी खनवाह कभी कुल कुला स्थान सभी जगह रात्री में बाध की गर्जना लोगो को सुनाई पड़ती थी कभी बाध को लोग देख कर भयभीत होकर राज छोड़ कर भागते रहते थे। कल्याणी देवी नयेपुर की स्थापना राजा मदन पाल सिंह के राज्य में करा रही थी तभी नये पुर के कोश भर दुरी पर बाघ की गर्जाना सुनाई पड़ने लगी बाध वही पर अपना घर बना लिया था लग रहा था कि कुछ ही छड में

बाघ आक्रमण करने वाला है नयेपुर के लोग पुर को छोड़ कर भागने लगे कल्याणी देवी भी भयभीत होकर हरिराम ब्रम्ह के स्थान पर पहुँच कर निवेदन करने लगी हे ब्रम्ह देव आप के अभयदान के कारण मैं जीवित हूँ। आपने मेरे राज्य की सुरक्षा करने की बचन दिया था तभी मैं इस राज्य की पुनः स्थापीत कर रही हूँ। फिर ये नया संट कैसा हे ब्रम्हमदेव मेरी राज की रक्षा करे मैं आपके शरण में गीर कर अपने राज की सकुशल रखने की वरदान मागती हूँ। कल्याणी अपनी अरदास्त लगा कर पुर को लौट गई जिस दिन कल्याणी अपने पुर को लौटी उसी दिन रात्री में अनेको बाघ नयेपुर का एक कोस की दुरी पर आनके बाघ दहाड रहे थे बाघो की गर्जना कोसो दूर पर सुनाई पड़ रही थी लग रहा था कि बागौरा में बाघों की युद्ध हो रही है। हरिराम ब्रम्ह बाघ की रूप पकड़ कर देवी के बाघ से लड़ रहे थे देवी दोनो भक्तो को आपस में युद्ध करते देख प्रकट हो गई दोनो बाघ देवी को देख शात हो गये हरिराम ब्रम्ह अपने रूप में प्रकट होकर देवी की स्तुती करने लगे देवी हरिराम ब्रम्ह को क्षेत्र की कोतवाल नियुक्त कर अपने बाघ पर सवारी करके अपने स्थान को चली गई पुर में चैनपुर हुआ देवी के आदेश से देवी के पुजा के साथ हरिराम ब्रम्ह को भी स्तुती हाने लगी हरिराम ब्रम्ह क्षेत्र के देवी का कोतवाल हो गये । भक्तगण जैयकारा लगाते है। क्षेत्र के कोतवाल हरिराम ब्रम्ह की जैय, जैय, जैय,

# 12

# हरिराम ब्रम्ह के स्थान पर तुलसी दास का आना

तुलसी दास गृह त्याग कर राजपुर से चित्रकुट चले आये । चिराकुट में सन्यास धारण कर रहने लगे चीत्रकुट में रहकर बाबा रामकथा कहते हुए अपने को राम जी की भक्ति में तपाने लगे। तुलसी दास को कम समय में ही हनुमान जी के विशेष कृपा से उनकी शक्ति वो भावना श्रीराम जी के चरणों में पहुँच गई वह भक्ति चीत्रकुट के घाट पर तुलसी दास का श्रीराम जी के प्रति अभिव्यक्त होती है:-

तुलसी दास अपने प्राप्त ज्ञान भक्ति को जन कल्याण हेतु सधारण से सधारण जन तक पहुँचना चाहते थे। परन्तु उनकी विचार को गति नहीं मिल पा रही थी जिससे मन और चेतन में द्वन्द्व विचार पैदा होने लगी तुलसी दास चीत्रकुट से काशी चले आये। काशी में अपने किसी मित्र के घर नही गये मन में महामाया के दर्शन प्राप्त करने के लिये जानकी जी के नैहर जनकपुर जाने की इच्छा होने लगी जनकपुर जाने के लिये चिन्तन करने लगे कि कोई मुझे जनकपुर जाने का रास्ता बता देता तभी चार पाँच दर्शनार्थी अस्सी घाट पर बैठे आपस में चर्चा कर रहे थे तुलसी दास दुर्शनार्थीयों के नाजदीक पहुँच कर खडे हो गये सभी दर्शनार्थी बाबा को प्रमाण किये तुलसी बाबा दर्शनार्थीयों से जानकारी लेने लगे कि आप सब कहाँ से पधारे है आप किस वर्ण के वंशज है।

एक दर्शनार्थी हाथ जोड़ कर कहने लगा कि हम सब तीरहुतक्षेत्र के मैथली ब्राम्हण है भगवान विश्वनाथ जी का दर्शन करने आये हुए है। तुलसी बाबा पुच्छे कि जानकी जी का नैहर जनकपुर किस क्षेत्र में है ।

दर्शनार्थी बताने लगे जनकपुर तीरहुत क्षेत्र के उतरी छोर पर हम सब के घर से पाँच कोस की दुरी पर है। पैदल जाने के लिये यहाँ से चलने के बाद गंगा नदी को पार करने के बाद सरजु नदी पार करने पर सारन क्षेत्र है सारन क्षेत्र की नारायणी नदी पार करने पर चम्पारण है चम्पारण की नदी पार करने के बाद तीरहुत क्षेत्र की उतरी छोर पर जनकपुर है जनकपुर से पाँच कोस पहले ही हम सब का निवास स्थान है।

तुलसी दास यात्रीयों से कहने लगे कि मुझे जनकपुर जाना है ।

सभी दर्शनार्थी एक साथ कहने लगे आप हमलोगो के साथ चलीये हमलोग आप को जनकपुर तक छोड़ देगें। हम सब अभी चलने के लिये तैयार हो रहे है तुलसी दास जी दर्शनार्थीयों के साथ जनकपुर के लिये चल दिये। रास्ते में दर्शनार्थी जो खाते तुलसी बाबा को खीलाते तुलसी दास जी को सभी दर्शनार्थी बाबा कहते रात्री में जहाँ ठहरते तुलसी बाबा रामजी की कथा सतसंग सुनाते दर्शनार्थी कथा सुन कर प्रसन्न होकर बाबा की सेवा करते तुलसी दास जी दर्शनार्थीयों से जानकी जी के जन्म की कथा वो ब्याह की कथा राम जानकी के ब्याह की गीत मैथली में दर्शनार्थीयों से सुन कर भाव विभोरे हो जाते थे। दर्शनार्थीयों से आग्रह कर बार-बार जानकी जी की कथा सुनते रामजी की कथा सुनाते यात्रा कर शाम के समश कई दिनों के बाद सरजु नदी के घाट पर पहुँच गये घाट पर ही तुलसी बाबा दर्शनार्थी रात्री विश्राम किये सुबह सभी लोग नित्य किया से निवृत हो सरजु नदी में स्नान कर जलपान किये नावीक अपने नाव पर आकर बैठ कर यात्रीयों को पार जाने के लिये बुलाने लगा अन्य यात्रीयों के साथ दर्शनार्थी तुलसी बाबा भी नाव में आकर बैठ गये नाव खोलते ही नावीक ने जैय कारा लगाया।

एक बार बोलीयें गंगा मईया की जै जै जै
राम जी की जै, जै, जै..............
सीता मईया की जै, जै, जै.............
बजरंग बली की जे जे जे.
क्षेत्र के कोतवाल हरीराम बाबा की जै, जै, जै...........

नव चलने लगी तुलसी दास जी नावीक की जयकारा सुन कर काफी प्रसन्न होकर नावीक से पुच्छने लगे की हरी राम बाबा कोतवाल कैसे है ? उनका स्थान कहाँ है ? तुम कभी उनका दर्शन किये हो ।

नावीक नाव खेते हुए हरिराम बाबा का कोतवाल होने की कथा यात्रीयों को सुनाई फिर कुछ देर मौन होकर कहने लगा। आप सब ज्ञानी है। आपलोगो को विश्वास न हो फिर भी सात आठ वर्ष पहले की आखों देखी घटना हम बतावत बानी कि रात्री अनरीया रहे हम घाट के उपर मचानी पर सुतल रहनी तबे केहु हमार नाम त्रिलोकी-त्रिलोकी कह के बुलावे लागल हमार निद खुल गईल हम अपना मचानी पर उठ के बैठ गईनी देखनी की एक जने महात्मा जी हाथ में कमण्डल ले के खाड बानी महात्मा जानी के हम हाथ जोड़ के प्रमाण कईनी महात्मा जी हमरा के सुखी रहे के आर्शीवाद देके कहनी की हमके ओह पार जाये के बा नाव से पहुँचा द हम देखनी की रात अभी ढेर बा कहनी की महाराज रात में नदी पार कईल कठीन बा जान जोखीम में पड़ जाई रास्ता देखाई नईखे देत रउआ घाट पर आराम करी दिन जब निकली त हम नाव खोलब अवे सम्भव नईखे इहे बात कही के हम मचानी पर सुत गईनी तबे जोर-जोर से बाघ के गरजला के आवाज सुनाई पड़े लागल हम उठी के बइठ गईनी वो समय जवार में बाघ अईला के हाला रहे हम समझ गईनी की बाघ घाट के तरफ आवत बा हम महात्मका जी से कहनी की हे महाराज रउरा कुछ सुनाता महात्मा जी कहनी की कौनो बाघ घाट के तरफ आवता हम दोनो को यहा से नदी के उस पार चले जाना चाहिए नही तो जान का खतरा है बाघ आकर हम दोनो को मार देगा। हम आपन नाव खेने वाला लगी लेके नाव पर चढ़ गईनी नाव खोल देहनी महात्मा जी नाव पर आके बईठ गले नदी पार करे खातीर नाव हम खेवे लगनी जब नाव नदी के बीच धार में गईल त महात्मा जी कहनी की हमारा खराउ घाट पर छुट गईल बा हे त्रिलोकी नाव घुमा के वापस चल हम कहनी की ऐ महाराज इनाव हवे घोड़ा गाड़ी ना हवे जबे चाहेब तवे घुमा लेब अब रउरा ओह पार चली सबेर पहर हम जब ओह पार जायेब तब राउर खराउ लेयाके दे देब तब रउरा आपन खराउ लेके चल जायेब एकत अनरीया रात बा नदी में लौकत नईखे उपर से नदी के तेजधार चलता नाव घुमायेब हमनी के जल समाधी हो जाई महात्मा जी हंसी के चुपा गईनी हम नाव खेवे लगनी अनधेरा के चलते कुछ दिखाई ना देत रहे हम रात भर नाव खेवते रह गईनी जब दिन निकलल तब नाव ओहीजा जाके लगल जहाँ से हम नाव खोलले रहनी अन्य यात्री नदी पार होखे खातीर घाट पर आ गईल रहले हम माथा पर हाथ से पसीना पोछे लगनी दिमाग में चकर आवे लागल की ई का भईल ह तब महात्मा जी नाव से उतर के खराउ लेके नदी पार करे लगनी महात्मा जी पानी के उपरे उपर जाये लगनी हमरा देखते देखते महात्मा जी नदी उपरे उपर पार कर गईनी हम माथा पर हाथ रख के घाट पर बईठ गईनी औरी जे यात्री आईल रहे वो लोग इसब घटना देख के कहल की हरिराम बाबा रहनी

हई हमरा एगो पच्छतावा रही गईल की काहेना हम बाबा के चरण पर गीर गईनी हई अगर हम चरण पर गीर गईल रहती त हमार कल्याण हो गईल रहीत। तभी तुलसी बाबा नावीक से पुच्छे की हरिराम बाबा की स्थान कहाँ पर है नावीक बताने लगा की घाट से सीधे जाने पर द्रोण बाबा के टीहला द्रोणाचर्च जे महाभारत के वक्त रहले वो ऐहीजा रहत रहले टीला से आगे गईला पर झरही नदी मिली जहाँ पर नदी पार करे वाला घाट बा । नदी ना पार कर के झरही नदी के पश्चिम दाती से तीन कोस दो धपडीया गईला पर वोहीजा लखीबाग में बाबा के स्थान बाटे । तुलसी दास हसते हुये बोले कि कोस तो हम समझ गये है दो धपडीया क्या होता है ? नावीक समझाने लगा कि आदमी एक बार में जीतना दूर चलता है जहाँ पर हार थाक जाता है वह एक धपडीया है फिर आराम करके चलता है वह दुसरा धपडीया है। सभी यात्री नावीक की बात सुनकर हंसने लगे तभी नाव घाट पर लग गई सभी यात्री नाव से उतर कर अपने-अपने गनतव्य स्थान को चलने लगे तुलसी दास दर्शनार्थीयों को साथ लेकर कनगढ की तरफ चल दिये द्रोण गढ को पार करने के बाद झरही नदी के घाट पर पहुँच गये घाट के उपर में एक विशाल वरगद का पेड़ था जहाँ पर यात्रीगण विश्राम करते थे तुलसी दस दर्शनार्थी के साथ वही बैठ कर झरही नदी का जल लेकर जल पान किये अन्य यात्री आराम करने लगे तुलसी दास सुनसान जगह पर बैठ कर उदास होकर नदी की सुनसान जगहों की तरफ देखने लगे। एक साधु घाट की तरफ से आते हुए दिखाई दिये आकर तुलसी दास के माथे पर हाथ रखते है तुलसी दास बैठे-बैठे साधु महाराज को दण्डवत प्रणाम करते हुये पुच्छते है महाराज आप किधर से आ रहे है ? साधु महाराज कहते है हम सब एक राही है अपनी-अपनी मुकाम की राह ढूंढ रहे है। जिसका पता हम सब को मालुम नही है हम सब राह चलते रहे मुकाम दुढ रहे। कभी न कभी मंजील मिल जायेगी। साधु रमते रहते है जैसे नदी की जल बहती रहती है अगर दोनो एक जगह ठहर जाय तो जकड जाते है मैं हरिहर नाथ स्थान से आ रहा हूँ जो हरि यानी विष्णु हर माने शिव नाथ-दोनो के मालिक जो विष्णु शिव के भी नाथ हरिहर नाथ का दर्शन करते हुये हरिहर क्षेत्र का भ्रमण करते आ रहा हूँ। संत की चेतना जब ठहर जाती है तो संत ब्यग्र हो जाते है। तुम्हारी तो चेतना ठहरी नही है दिशा ढुढ रही है तुम कुछ करों जो चाहना है वह पूर्ण होगी । देह धारण कर मन बुधी हाथ पैर चला कर अपने कर्तब्य को पूरा करना पड़ाता है भगवान भी देह धारण कर अपनी चाहत पूरी करते है। सिर्फ चाहने से किसी को सब कुछ मिलना असम्भव है महात्मा जी की बातों का मरम समझ कर तुलसी दास भाव विभोर होकर महात्मा जी के चरण पकड़ कर कहने लगे अब मैं क्या करू जिससे मेरा कल्याण हो यही तो मैं दुढ रहा

हूँ महात्मा जी कहे कि रामजी की कथा कहो रामजी का कथा सुनो महात्मा की आवाज जानी पहचानी लग रही थी तुलसी दास काशी में मिले सन्यासी महात्मा की अवाज से गणना करने लगे तभी महात्मा जी कहने लगे कि रामजी की कथा कहोगे सुनोगे तो नया चिन्तन वो नई उर्जा तुमारे मन में भरने लगेगें इसलिय सिर्फ रामजी की कथा कहो कथा सुनो तुम्हारा कल्याण होगा महात्मा जी तुलसी दास को ऐसी प्रेरणा दी कि तुलसी दास अपनी थकान भूल कर नये जोस में आकर गाने लगे ``सबही नचावत राम गोसाई" महात्मा जी वही से चले गये तुलसी दास भी दर्शनार्थीयों के साथ झरही नदी के रास्ते कनक गढ की तरफ चल दिये।

शाम होने के पहले ही तुलसी दास हरिराम ब्रम्ह के स्थान पर पहुँच कर विश्राम किये शाम के समय रामजी की कथा कहने लगे कथा सुनकर वहाँ के ब्राम्हण अन्य लोग भी एकत्रीत हो कथा का आनन्द ले कर कथा बाचक की कथा की सराहना करने लगे। सुबह तुलसी दास की कथा की चर्चा चारों तरफ होने लगी स्थान के ब्राम्हणों से तुलसी दास का परिचय हुआ। ब्राम्हण समाज अपनी-अपनी समस्या रखने लगे तुलसी दास जी उन प्रश्नों का नीदान निकाल कर बताने लगे जिससे ब्राम्हणों द्वारा यह प्रश्न भी रखा गया कि ब्रम्ह जी का मन्दिर निर्माण कराना चाहिये की नही ? तुलसी दास जी कहे कि जीव जब तक प्रेत योनी में रहता है उसे घर में रखना वर्जित है। इसलिए मृत शरीर को घर से बाहर कर जमीन पर लेटा दिया जाता है जीव श्राप वश पृथ्वी पर नही आते है जब श्राद्ध कार्य हो जाता है तो प्रेतात्मा पितर का रूप प्राप्त कर लेता है। प्रेतात्मा तपश्या कर के भी देवरूप प्राप्त करते है तो उनका स्थान घर में रहता है हरिराम ब्रम्ह जी प्रेत जोनी से देव जोनी को प्राप्त कर लिये है। वे अब देवता है उनका मन्दिर बनाने से कोई अपसकुन होने की सम्भावना नही है अगर आपलोग चाहते है कि हरिराम ब्रम्ह महाराज के मन्दिर का निर्माण हो तो आप सब मिल कर मन्दिर निर्माण करा सकते है। तुलसी दास जी का उस समय में कोई ख्याती नही थी परन्तु जो व्यक्ति उनसे मिलता उनको महान संत सन्यासी समझ कर काफी आदरभाव करता। काफी प्रेम भाव मिलने के कारण तुलसी दास जी करीब एक सप्ताहतक रूक कर हरिराम ब्रम्ह स्थान पर अपने रामजी की कथा लोगों को सुनाते रहे। सातवे दिन हवन कर ब्राम्हण भोजन के बाद कथा समाप्त हुई। कनक गढ़ से जनकपुर जाने के लिये दर्शनार्थी अपना समान एकत्रीत करने लगे कि कल सुबह यहाँ से हम सब प्रस्थान कर देगें शाम तक नरायणी नदी पार कर चम्पारण पहुँच कर आराम करेगें। तुलसी दास शाम के समय हरिराम ब्रम्ह स्थान के सामने झरही नदी के किनारे संध्या गायत्री करने के बाद शून्य अवस्था में पहुँच कर सुनसान जगहों को एक टक देखने लगे तभी

एक छाया विशाल रूप में प्रकट होकर धीरे-धीरे छोटा सुक्षम प्रकाश रूप में दिखाई देने लगी कुछ दूर पर खड़ा हो कर तुलसी दास की भावना को प्रेरीत करने लगी हे बाम्हण तुम जो कथा कहते हो वह अमर कथा है तुम जिस कथा को कहते हो उसे अपनी भाषा में रचना करो जिससे जन कल्याण के साथ तुम्हारा भी कल्याण होगा यह मेरा आर्शीवाद है। तुलसी दास हाथ जोड़ कर कहने लगे हे प्रभु आपके उपकार को मैं जीवन पर्यन्त भूल नही सकता हूँ, आप की कृपा से मेरा असम्भव कार्य भी सम्भव हो जाता है। आपसे काशी में मिलने के उपरान्त जब भी मेरे उपर संकट उत्पन्न हुआ उसका आपने दमन किया आपकी कृपा से ही मेरे अन्दर भक्ति का वीज जाग्रत हुआ और आपकी कृपा से सुरक्षीत है। आप ने मेरे भटकते हुये चेतन को रास्ता दिखाया है जिसके लिये मैं वर्षो से भटक रहा था। आपके आदेश को मैं सीरोधार्य करता हूँ आप मुझे आर्शीवाद दे कि आपका आर्शीवाद हमेशा मेरे साथ रहे फिर प्रकाश की भावना बोल उठी हे तुलसी दास तुम मेरे छोटे भाई के समान हो तुम मेरे स्थान पर सात दिनों तक जो कथा मुझे सुनाई है उससे मैं काफी प्रसन्न हूँ। तुम जहाँ पर कथा कहोगे वहाँ में उपस्थित होकर कथा श्रवण करूँगा। तुम्हारे द्वारा रचित राम कथा को जो भी कहेगा सुनेगा वहाँ मैं उपस्थित होकर वहाँ के प्रेताशिक भूत बाधा को दूर करूँगा भक्तों की रक्षा करूँगा ये मेरे बचन है। छाया लुप्त हो गई तुलसी दास बहुत रात्री होने पर वहाँ से उठ कर अपने आसन पर आये करवट लेकर विश्राम करने लगे रात्रि में तरह-तरह का स्वप्न देखने लगे कभी सीता मईया को देखते तो कभी बजरंग बली को सभी लोग यही कह रहे थे कि हे तुलसी तुम रामजी की कथा की रचना करो स्वप्न देखते-देखते सुबह हो गई तुलसी दास हरिराम ब्रम्ह स्थान को सस्टांग प्रणाम कर झोला लेकर दर्शनार्थीयों के साथ जनकपुर के लिये चल दिये जनकपुर पहूँच कर तुलसी दास ने हरिराम ब्रम्ह स्थान से जाने के बाद हरिराम ब्रम्ह के आर्शीवाद से आपनी पहली रचना जानकी मंगल जनकपुर में किये।

**श्री जानकी मंगल**

गुरु गनपति गिरिजा पति गौरी गिरापति ।
सारदा से सुकवि श्रुश्रुति संत सरल मति ।
हाथ जोरि करि विनय सबहि सिर नावों ।
शिव रघुबीर विवाहु जथाभति गावों ।

# 13

# बाबा महेन्द्र नाथ का प्रकट होना

राजा मदन पाल सिंह का गढ मदन पुर जंगल में नरायणी नदी के किनारे था जिसे राजगढीया कहाँ जाता था। राजा मदन पाल सिंह का राज नरायणी नदी से सरजु नदी के बीच का भाग था जिसमें राजा को दो छावनी थी एक छोटी छावनी घार में थी राजा मदन पाल सिंह कि दुसरी छावनी दाहा नही के किनारे बनी हुई थी राजा मदन पाल सिंह कुड वो तांत्रीक राजा थे राजा मदन पाल सिंह के पास अकुत संम्पती हीरा, ज्वाहारात, सोने की सिक्का थी सोने के सिक्का पर बाघ की चित्र अंकित था राजा मदन पाल सिंह अपने दौलत को छुपाने वो सुरक्षित रखने के लिये तीन फीट चौड़ा काफी गहरा पक्की इनार ( पक्का कुवाँ) एक सौ गढ के अन्दर बाबन कुवाँ घार छावनी में 52 कुआँ बडी छावनी में बनवाये ये बडे-बडे पीतल के गागरा (हांडा) में सोना चाँदी की सिक्के भर कर सिकड से एक साथ कई गागरा को बाँध कर पक्का कुआँ में डाल कर रख देते थे कुआँ की सुरक्षा के लिये जीवित मानव को कुवाँ में गीरा कर तांत्रीक साधना कर दौलत की सुरक्षा कराते थे राजा के कुरता के कारण राज्य की जनता व्याकुल रहती थी । राजा मदन पाल सिंह की विनाश देवी शक्ति से रहसु द्वारा हुआ। राज्य का कोई उतराधिकारी जीवित नही बच सका राजा मदन पाल सिंह का मदनपुर राजा विहीन हो गया। मदनपुर राज के उतर में नेपाल राज दक्षिण में काशीराज दोनो ही शक्तिशाली राज थे। नेपाल नरेश मदनपुर राज्य को अपने राज्य में मिलाना चाहते थे। काशीनरेश मदनपुर राज को अपने राज में मिलाना चाहते थे । अन्य छोटे राज के राजा मदन पाल सिंह के अकुत सम्पदा पाने के लिये गढ छावनी में पोखरा खुदवा कर पक्का इंनार (पक्का

कुआँ) से दौलत लुटने में लगे थे अनेको राजाओं द्वारा छावनी में अनेको पोखरा खुदवाया गया। नेपाल नरेश अपने सबसे साहसी सेना पति महादेवा को पाँच हजार सैनीको के साथ मदनपुर राज्य को अपने राज्य में विलय करने के लिये भेजे सेनापति महादेवा ने मदनपुर गढ़ होते हुये नारायणी नदी पार कर घार छावनी से होकर दाहा नदी के किनारे बड़ी छावनी होते हुये । दाहा नदी के तट से होकर सरजु नदी के तरफ बढ़ने लगे काशी नरेश द्वारा सेना पति महादेवा को सूचना भेजी गई कि वो मदनपुर राज को खाली कर वापस लौट जाय। सेनापती महादेवा अपने सैनीको के साथ दाहा नदी के किनारे अपने राज की सिवान स्थापित कर वही रूक गया। सेनापति महादेवा अपने राजा को सुचना भेजे कि हम सभी सैनीक सकुशल वगैर विरोध के मदनपुर राज्य पर दखल हो चुके है। परन्तु मदन पाल सिंह के गढ़ वो छावनी से कोई धन प्राप्त नही कर पाये है। कारण की छावनी वो गढ में रात्री के समय बाघ की आने की सुचना मिलती है रात्री में बाध की अवाज सुनाई पड़ता है। काशी नरेश द्वारा धमकी भरा सन्देश प्राप्त हुआ है काशी नरेश मदनपुर राज्य को खाली करवाना चाहते है महाराज को अपने सिवान में आना जरूरी हो गया है। हम सब दाहा नदी के किनारे नये पुर अपने सिवान में रूके हुये है महाराज की आदेश की प्रतिक्षा में आगे की कार्यवाही आपकी आदेश की प्राप्त के बाद किया जायेगा। नेपाल राजा महेन्द्र सुचना पाने के साथ अपने नये राज्य की सिमा को देखने वो काशी नरेश से मिलने हेतु अपने सिवान पर आ पहुँचे। सिवान से दाहा नदी के किनारे होते हुये सरजु नदी के तरफ भ्रमण करने के लिये निकले थे। रास्ते में शौच करने की मंशा हुई अपने खानसामा को अपने सिवान में ही राजा छोड़ दिये थे। सिपाही से कहे कि जल की व्यवस्था करो मुझे शौच करनी है। सिपाही जल अपने पास नही रखा था। राजा कहे कि सामने चौर (झील) दिखाई दे रहा है जाकर देखो पानी है या नही सिपाही चौरा के तरफ जाकर देखा तो कही पर पानी दिखाई नहीं दिया कुछ जानवर मिट्टी कोड़ कर गढ़ा बनाये थे जिसमें थोड़ी सी पानी दिखाई दिया सिपाही जाकर राजा को बताया कि थोड़ी सी पानी एक गढ़ा में है। राजा शरीर से कुष्ट रोग से ग्रसित थे राजा घोड़ा से उतर कर पानी के तरफ चल दिये शौच कर जैसे ही पानी को अपने हाथ से छुये राजा की हाथ की कुष्ट रोग ठीक हो गई राजा अपने कपड़ा खोल कर उसी किचड़ में लौटने लगे राजा के शरीर में किचड़ लगने से राजा महेन्द्र की कृष्ठ रोग ठीक हो गई राजा के सिपाही राजा को पागल समझ कर अपने सिवान भाग कर चले आये सेना पति महादेवा को सारी घटीत घटना को सुनाये सेना पति महादेवा अपने सैनीको को लेकर महाराज महेन्द्र के पास चौर में पहुँचे राजा सचमुच में खुशी के मारे पागल हो रहे थे। राजा को उस गढे में कुछ

पत्थर की तरह दिखाई दिया राजा अपने हाथ में कुदाल लेकर मिट्टी की खुदाई करने लगे कुदाल की चोट एक पत्थर पर लगी पत्थर से खुन की धार निकल पड़ी राजा सावधानी से मिट्टी की खुदाई कराये जिसमें एक शिवलींग प्रकट हो गई राजा महेन्द्र अपने मंत्री सभापति को मन्दिर निर्माण कराने का आदेश दिये। मन्दिर के निर्माण के साथ 52 विधा में पोखराखुदवाये। रात्री में बावन विधा जमीन पर पैसा सोना चाँदी राजा छीटावाते तथा हजारो जोड़ी बैल से जोतवा देते थे सुबह क्षेत्र की जनता मिट्टी को माथे पर लेकर भीट पर रख कर पैसा सोना बीनते थे। मन्दिर वो पोखरा की निर्माण होने के बाद राजा महेन्द्र द्वारा 11 दिन ब्राम्हणों द्वारा यज्ञ करा कर शिवलींग की स्थापना कराये शिव की नाम बाबा महेन्द्र नाथ रखा गया राजा महेन्द कुछ दिन रहने के बाद अपने राज को सेना संहीत लौट गये। तभी से बाबा महेन्द्र में भक्त जयकारा लगाते है बोला बाबा महेन्द्र नाथ की-जै-जै- जै,

# 14

# मानस की स्थापना

स्व० हनुमान प्रसाद पोद्वार जी उच्च कोटी के भक्त थे । पोदार जी गीता प्रेस कि स्थापना गोरखपुर में सिर्फ धार्मिक पुस्तको का प्रकाशन वो वितरण करने के उदेश्य से किये । पोद्वार जी की इच्छा हुई कि वो तुलसी दास द्वारा लिखित रामचरित मानस का प्रकाशन कर वितरण करे। गोस्वामी तुलसी दास द्वारा रचित रामचरित्र की कथा आम जनता में संगीत के रूप में प्रचलित थीं, परन्तु पूर्ण कथा संग्रह कही एक जगह पर लिखित रूप में नही था। पोद्वार जी तुलसी दास द्वारा लिखित पाडुलीपीयों की खोज करने लगे। खोज के दौरान पोद्वार जी जनकपुर, अयोध्या, काशी, प्रयाग, राजापुर, दलही के साथ अन्य जगहों का भ्रमण किये। अनेको साधु सन्यासी ब्राम्हण से मिले । अथक प्रयास के बाद तुलसी दास जी द्वारा लिखित अयोध्या काण्ड एंव सुन्दर काण्ड की पाहुलीपीयाँ मिली जिसका टीका लिखना पोद्वार जी आरम्भ कर दिये बाकी तुलसी दास द्वारा लिखित कथा की खोज जारी रखे। चैत्र मास के नवरात्रि में प्रयाग से विन्ध्याचल आ पहुँचे। पोद्वार जी, प्रधान श्रीगारी महाराज के निवास पर ठहरे। सुबह विन्ध्यावासनी का दर्शन किये। जगत जननी माँ पुनः श्रीगारी जी के निवास पर लौट आये। वहीं सुचना मिली की धनश्याम दास जी विडला माँ विन्ध्यावासनी के दर्शन हेतु विन्ध्याचल में आये है तथा अपने गेस्ट हाउस में ठहरे है। पोदार जी अयोध्या काण्ड की टीका वो पान्डुलीपी लेकर विरला जी से मिलने विरला गैस्ट हाउस पहुँचे विरला जी पोदार जी को अपने कमरा में बैठा करकुशल छेम पुच्छने के बाद कहे कि जन कल्याण के लिये आज कल कोई पुस्तक प्रकाशीत किये है कि नही। आप के द्वारा प्रकाशित गीता वो कल्याण की प्रति मुझे मिली है। मैं गीता का स्वंय अध्ययन कर रहा हूँ। पोद्वार जी, विरला जी से कहे कि तुलसी दास जी रामचरीत्र

की सम्पूर्ण रामायण अवधी भाषा में लिखे है, तुलसी दास जी द्वारा लिखित कथा को ढूंढ रहा हूँ, दो भाग अजोध्या काण्ड वो सुन्दर काण्ड मिल पायी है आगे अन्य लिखित रचना नही मिल रही थी तो सोचा की माता जी के दरवार में चालू वही कोई रास्ता मिल जाय। माँ के दरवार में भी पुरे भारत वर्ष के साधु सन्यासी ब्राम्हण आते है, किसी के पास उपलब्ध हो, माता जी दिलवा दे तो मेरे साथ-साथ पुरे जगत की कल्याण होगा। आज माता के दरवार में दरखास्त लगाया हूँ देखे क्या होता है । विरला जी कहे कि जो दो काण्ड की पान्डुलीपी मिली है वो कहाँ है मुझे भी देखने की इच्छा हो रही है। पोद्वार जी अपने झोला से अयोध्या काण्ड की टीका निकाल कर विरला जी को सुनाने लगे। विरला जी तुलसी कृत रामचरित्र की कथा सुनने में मग्न हो गये । पोदार जी सुनाते रहे। जब संध्या के समय माता जी के आरती को समय हुआ तो विरला जी कहे की ये तुलसी कृत रामचरित्र मन में समाने योग्य है ये तो मानस है । इसे प्रकाशीत होने से पुरे मानव समाज की कल्याण होने वाला है। ये कथा मेरे मन में समाने लगी है। जब तुलसी दास द्वारा रचित रामचरित्र की कथा मिल जाती है तो मैं काशी में एक मानस मन्दिर का निर्माण कराऊँगा । जिसमें आपके द्वारा प्रकाशित रामचरित्र मानस के नाम से कथा को दिवालो पर लिखवा दूँगा ताकी फिर कभी आपको कथा खोजने में परेशानी नही हो। तभी माँविन्ध्यवासनी की मन्दिर की घंटा बजने लगी आरती आरम्भ हो गई दोनो व्यक्ति माता की आरती में सम्मलित होने के लिये मन्दिर के तरफ चल दिये। पोद्वार जी मन्दिर में अन्दर जाने के लिये बढ़े परन्तु विरला जी पोदार जी का बाह पकड़ कर आम लोगो के कतार में खड़े व्यक्तियों के पीछे खड़ा हो गये। पोद्वार जी से कहे कि माता के लिये सभी पुत्र बराबर है। मन्दिर की आरती समाप्त होने के बाद दोनो व्यक्ति मन्दिर से वापस लौटने लगे पोदार जी कहे की में श्रीगारी जी के निवास पर ठहरा हूँ वही लौटना चाहता हूँ। अब मुझे लौटने का आप आदेश दे। विरला जी कहे ठीक हैं। तुम तुलसी कृत रामचरित्र मानस की खोज कर प्रकाशित करो मैं अभी माता जी से निवेदन किया हूँ कि काशी में मानस मन्दिर का निर्माण हो, हम दोनो का मनोरथ पूर्ण हो, माता जी की कृपा तुम पर बनी रहे । पोद्वार जी विरला जी को उनके गेस्ट हाउस पर छोड़कर श्रीगारी जी के निवास पर लौट आये रात्री विश्राम किये सुबह पुनः माता जी का दर्शन करने के बाद वापस लौटने हेतु श्रीगारी जी से मिलने गये। श्रीगारी जी कहे कि क्या कोई जरूरी कार्य है कि आप लौटना चाहते है। पोदार जी अपना कथा की खोज की बात बताये तो श्रीगारी जी उन्हें रोकते हुये कहें कि एक विद्वान ब्राम्हण मेरे यहाँ ठहरे है जरा मिलकर देखिये वो सगुन भी बहुत सही करते है। श्रीगारी जी पोदार जी को साथ लेकर

पंडित जी के पास गये जहाँ पर पंडित जी पाठ वाचन कर रहे थे। पंडित जी दोनो व्यक्तियों को अपने इसारा से आसन ग्रहण करने के लिये कहे। विच्छे हुये दरी पर दोनो महानुभाव बैठ गये पाठ दाहीने होने पर पंडित जी अपनी पोथी में चिन्ह रख कर पोथी बन्द कर श्रीगारी जी के तरफ भुखाती हुये, कुशल क्षेम पुच्छने के बाद आने का कारण जानना चाहे तो श्रीगारी जी पोद्वार जी का परिचय पंडित जी को दिये। फिर पंडित जी की परिचय श्रीगारी जी पोद्वार जी को बताने लगे कि पंडित शिवपूजन तिवारी ग्राम-परसौनी जिला-सारण अनुमण्डल गोपालगंज बिहार माता जी के सच्चे उपासक है, माता जी की कृपा इनपर है। श्रीगारी जी कहे कि पोद्वार जी को किसी प्रश्न की सागुन करानी है आपकी कृपा होती तो ये अपने सगुन का प्रश्न आपसे कहते। पंडित जी कहे कि सबसे पहले पोद्वार जी माता जी का ध्यान कर प्रश्न अपने मन में विचार करें, प्रश्न पुरा होने पर सामने रखे पुष्प में से उठा कर मुझे दे तो मैं विचार करूँगा। पोद्वार जी हाथ जोड़ कर माता विन्ध्यवासनी की ध्यान कर प्रश्न विचार कर पुष्प उठा कर पंडित जी को दे दिये। पंडित जी पुष्प लेकर आख बन्द कर बहुत देर तक मौन रहे । पुष्प को अपने नाको से सुध कर रख दिये फिर पोद्वार जी के तरफ मूख कर कहने लगे कि आप का प्रश्न जन कल्याण के कार्य से संबंधित है। आपने प्रश्न धर्म क्षेत्र मे किया है, इसलिये धार्मीक है परन्तु अभी अधुरा है। जो आगे चल कर पूर्ण होगा इसमें कोई सन्देह नहीं है। पोद्वार जी बहुत प्रसन्न हुये। पंडित जी से खुल कर बात करने लगे कि मेरा कार्य पूर्ण कैसे होगा ये मैं जानना चाहता हूँ। पंडित जी कहे कि सभी कार्य माता जी पूर्ण करायेंगी, आप अपने कार्य को बतावे । पोदार जी कहने लगे कि मैं तुलसी कृत रामचरित्र को प्रकाशित करना चाहता हूँ। तुलसी दास जी कि लिखित कुछ रचना मिली है परन्तु बाकी रचना के लिये मैं बहुत दूर-दूर तक ढुढ लिया हूँ नही मिल रही है। पंडित जी बहुत सोचने के बाद कहे कि तुलसी दास के समकालीन एक व्यक्ति है जो आपकी कथा को पूर्ण करा सकते है। पोद्वार जी आश्चर्य चकित होकर कहे कि चार पाच सौ वर्ष पूर्व का कौन सा व्यक्ति जिवित हो सकता है जो तुलसी दास के समकालीन है। पंडित जी हँसते हये कहे कि जीव अमर धर्मा है। सिर्फ शरीर नश्वर है। सुक्ष्म शरीर हजारो वर्ष तक रह सकता है। तुलसी दास के समकालीन प्रेत हरिराम ब्रम्ह है जो आज भी जागृत अवस्था में है। हरिराम प्रेत ही तुलसी दास का परिचय हनुमान जी से कराये थे । तुलसी दास भी कई एक बार हरिराम ब्रम्ह के स्थान पर गये है वहाँ पर अपने द्वारा लिखित रामचित्र की कथा को सुनाये है, वो स्थान आज भी जागृत है । मेरा भी उपनयन संस्कार वहीं पर हुआ था। आप वहाँ जाकर ब्रम्ह जी से निवेदन करे तो वो कल्याण कारी है कल्याण करेगें, आपकी कथ पूर्ण हो सकती है।

पंडित जी हरिराम ब्रम्ह की पूर्ण कथा वो घटना के पोद्वार जी को बताये । पोदार जी कथा सुन कर बहुत हर्षित हुये। पंडित जी से कहने लगे आप मेरे साथ चलने के लिये अनुमति देगें तो आपका मेरे उपर उपकार होगा। पंडित जी कहे कि मैं नोरात्रि के हवन करने के बाद ही यहाँ से चल सकता हूँ। पोद्वार जी कहे कि ठीक है मैं भी यही रूक जाता हूँ। जब आप चलेगें तो मैं भी आपके साथ ही चलूँगा। पोद्वार जी माँ विन्ध्यावासनी के यहाँ तीन दिन और रूक गये। पंडित जी नवरात्र समाप्त कर चलने के लिये तैयार हुये तो पोदार जी भी साथ चल दिये। दुसरे दिन दोनो व्यक्ति भैरवाँ धाम, हरिराम ब्रम्ह के स्थान पर पहुँचे। दोनो आदमी हरिराम ब्रम्ह की दुध जनेउ खराउ वस्त्र चढा कर पुजा किये । पोद्वार जी ब्रम्ह जी से तुलसी कृत रामायण के सम्पूर्ण कराने की याचना किये। दोनो आदमी स्थान से चल दिये। पंडित जी भटनी स्टेशन पर से अपने गाँव चले गये। पोद्वार जी गोरखपुर चले गये ।

ढाई वर्ष बितने के बाद पंडित जी से मिलने पोद्वार जी घोड़ा गाड़ी से पंडित शिवपूजन तिवारी के गाँव परसौना आये। पंडित जी काफी प्रसन्न हुये। पोद्वार जी तुलसी कृत रामायण की एक प्रति भेट किये। रामायण के पहले पन्ने पर अपने हाथों से लिखे "आदरणीय पंडित जी आपके द्वारा सगुन विचार पूर्ण हुआ, ब्रम्ह जी की कृपा मुझे मिली जिससे अधुरा चौपाई दोहा पूर्ण हुये मुझे लिखते वक्त लग रहा था कि कोई मेरी भावनाओं पर बैठ कर लिखवा रहा है। तुलसी जी द्वारा लिखित पडुलिपियाँ भी सुलभ हो गई। पहली प्रकाशन की प्रति आपको भेट कर आशीवार्द चाहता हूँ" हनुभान प्रसाद पोद्वार पंडित जी के यहाँ रात्री विश्राम किये। सुबह पोद्वार जी पंडित जी के साथ हरिराम ब्रम्ह के स्थान मैरवा धाम पहुँचे । ब्रम्ह जी की पूजा पाठ करने के बाद रामायण की एक प्रति समर्पित किये। पोद्वार जी वही से काशी के लिये चल दिये।

पोदार जी काशी पहुँच कर हिन्दु विश्व विद्यालय के प्रांगण में बने मदन मोहन मालवी जी जी के निवास पर पहूँचे, जहाँ पर धनश्याम दास विरला जी के साथ अनेको विद्वान भक्त पूर्व से उपस्थित थे। पोद्वार जी अपने प्रकाशन की तुलसी कृत रामचरित्र की प्रति मालवी जी एवं विरला जी को भेट किये। पोद्वार जी 15 दिनो तक काशी में रूके रहे। 15 दिन में मालबी जी वो पोद्वार जी विरला जी के साथ अनेको प्रकार की चर्चा होती रही। वीरला जी कहे कि मैं इस तुलसी जी द्वारा लिखित रामचरित्र की नाम मानस पहले की रख दियाहूँ। माँ विन्ध्यवानी साक्षी है, क्योकि ये कथा सभी के मन में समाने योग्य है। मैं अगले सप्ताह से ही मानस मन्दिर का निर्माण कार्य कराना आरम्भ कर दूँगा क्योकि इसके लिये मैं पोदार जी

से बचन बध हूँ। मालवीय जी कहे कि जब से पोद्वार जी मुझे रामचरित्र कथा की प्रति दिये है, मैं स्वंय अध्ययन कर रहाँ हूँ। वास्तव में पुस्तक मानस योग्य है। मैं पोद्वार जी से निवेदन करूगाँ की इसकी अगली अंक तुलसी कृत रामचरित्र मानस के नाम से निकाले तो और सुन्दर होगा। विरला जी मानस मन्दिर का निर्माण करावे तो वो धर्म की धरोहर मन्दिर होगी बाकी भगवान विश्वनाथ जी की कृपा।

# 15

# मृत्यु सत्य है सत्य ईश्वर है ईश्वर ही सुन्दर है

कोई भी व्यक्ति अपने आप को गलत साबित नही करता । हर आमदी अपने को अच्छा बनने की इच्छा रखता है, परन्तु दूसरा व्यक्ति उसे अच्छा समझ रहा है कि नही इस बात को समझता स्वयं की जरूरत होती है प्यार स्नेह ज्यादा से ज्यादा पाने की इच्छा सभी को होती है क्योकी प्यार स्नेह दुनिया की बहुमूल्य शक्ति है, परन्तु वेर्शत प्यार करने वालो की संख्या मानव समाज में कम है। वेशर्त प्यार करने वाले प्यार पाने वाले की गलती नही दुढते । गलती होना तो स्वाभवीक है । जीवन है तो गलतियाँ होगी क्योकि हवा में बिष भी मिला हुआ है और अमृत भी मिला हुआ है। जो जीवन को बरबाद या समाप्त करे वह बिष है, जो जीवन की रक्षा करे वह अमृत है। समाज मे समाजिक बिष फैला हुआ है। हर आदमी का जीवन जीने के लिये समाजिक बिष पान करना ही पड़ता है जो आज के दौर में किसी हलाहल से कम नही है। जब मन के बाहर की उमिद टुट जाती है और अन्दर कुछ मिलता ही नही तब फिर मन विषपान करने लगता है। इसके लिए मन के अन्दर उस विषपान के प्रति अच्छी अनुभूति बनाना जरूरी होता है जिससे बिष की भावना समाप्त हो जाय समाज के अन्दर एक बिष की पोटली पड़ी रहती है, उसे गौण करके चले तो मन में विषपान कम होगा इसलिए जो गौण है उसे गोण रहने दे तो मन में अच्छी अनुमुति होगी। अच्छी अनुभुति होने से मन का धाव अपने

आप मरने लगेगा प्रेम की डोर बसने लगेगी। संसार में सभी जीव मृत्यु से डरते हैं एक व्यक्ति दूसरे व्यक्ति को मृत्य का भय दिखा कर भयभीत करता है। समाज भी मानव को मृत्यु का भय दिखाता है । मृत्यु का नाम लेना भी मानव समाज में अशुभ माना जाता है। इसलिये मानव समाज स्वर्गवासी बैकुटवासी गोलोक वासी अनेको नामे से मृत्यु को पुकारते है । परन्तु मृत्यु तो जीवन का एक सत्य और अभिन्न हिस्सा है जो जीवन के साथ हर पल रहता है। अन्दर जाने वाली स्वांस जीवन है। शरीर से बाहर निकलने वाली स्वांस मृत्यु है स्वास शरीर को इतना कस कर पकड़ लेती है कि उसे छोड़ने में डर लगने लगता है जो मृत्यु के डर का कारण है आनन्द लेने के लिये आदमी झुला पर चढ़ता है। झुला से गिरने के डर के कारण झुला को आदमी कस कर पकड़ता है फिर भी झुला पर बैठे व्यक्ति के मन में भय बना रहता है, कि झुला से गिरने पर आदमी कहाँ कैसे गिरेगा क्या होगा। गिरने के भय के कारण तमाम तरह की भावना घेरे रहती है जबकि झुला सुरक्षीत रहता है। ये आदमी जान कर भी तरह तरह की कल्पनायें करता है । कल्पना तब तक करता है जब तक वह झुला पर बैठा रहता है। झुला के निचे आते ही आदमी झुला से उतर जाता है और उसकी भावना वही समाप्त हो जाती है। जो व्यक्ति झुला पर बैठने के पूर्व ही अपने भावना को शांत कर के बैठता है, वह भय मुक्त हो कर झुला का आनन्द लेता है । उसी तरह जो व्यक्ति अपने मन चेतन स्वांस को शांत कर लेता है, उसे मृत्यु वो समाजिक विषपान से भय नही लगता है। मृत्यु का भय नही सताता है । भय समाप्त होते ही व्यक्ति को मृत्यु में नई जीवन दिखाई पड़ने लगती है जीवन और मृत्यु के बीच भय कीभावना समाप्त हो जाती है तभी व्यक्ति समझ पाता है कि मृत्यु भी जीवन है। मृत्यु सिर्फ शरीर त्यागना की नही है, मोक्ष पाना भी है। मृत्यु ही सत्य है। सत्य ही ईश्वर है ईश्वर ही सुन्दर है।

# 16

# राग कल्याण

नाथ सो कौन विनती कहि सुनावो ।
त्रिविध विधि अमित अवलोकि अघ अपने ।
व्याध ज्यों विषय विहंगनि बझावौं ।
कुटिल सतकोटि मेरे रोम पर बारियहि।
सरन सनमुख होत सकुचि सिर नावाँ ।।
विरचि हरिभगति को वेष वर टाटिका ।
कपट दल हरित पल्लवीन छाव ।
नाम लगि लाई लासा ललित-बचन कहि ।
साधु गनती में पहले हि गनावाँ परम बर्बर खर्ब गर्ब पर्वत चढयों ।
अग्य सर्बग्य जन मनि जनावौं ।
साँच किधौ झुठ मोको कहत कोउ ।
बिरद की लाज करि दास तुललसीहि देव ।
लेहु अपनाई अब देहु जनि बावौं ।।
(विनय पत्रिका पद संख्या-208)
ऐसी मूढता या मन की ।
परि हरिराम भगति सुरसरिता।
आस करत ओसकन की ।
(विनय पत्रिका पद सं0-90)
हरिराम हरिराम हरिराम

# आभार

आपने अपने कीमती वक़्त से वक़्त निकाल कर आपने एक अच्छे पाठक होने का धर्म निभाया और हरिराम ब्रह्म के कथा से वाकिब हुए इसके लिए आपका आभार और धन्यवाद।

प्रदीप कुमार तिवारी ( अधिवक्ता )9910682553

www.ingramcontent.com/pod-product-compliance
Lightning Source LLC
LaVergne TN
LVHW021943220826
846092LV00010B/1220

*9798890021670*